조정래 대하소설

아리랑

청소년판

조정래 대하소설

아리랑

청소년판

3

[제1부 아, 한반도]

조호상 엮음 | 백남원 그림

해냄

미래의 나침반이며 등불

흔히 학생들이 싫어하는 공부에 꼽히는 것이 수학 다음에 역사다. '연대 외우느라고 머리에 쥐가 난다'는 게 그 이유다. 주입식 암기 교육이 저지른 병폐다. 그건 잘못된 일본식 교육의 잔재인 것이다.

역사교육은 '연대 외우기'가 아니라 '그 흐름의 이해'여야 한다. 이야기로서의 역사 흐름을 이해하게 되면 연대는 부차적으로 기억하게 된다. 그런데 시험문제를 연대 암기식으로 내니 학생들이 역사 공부에 진저리를 칠 수밖에 없다.

또한 역사에 대한 일반적 인식도 문제다. 흔히 역사란 '과거'라고 생각한다. 그것은 '시간'만을 한정해서 생각한 아주 잘못된 인식이다. 시간의 흐름이란 한 줄기로 계속 이어져 흐르는 물의 흐름과 같고, 우리 인간들의 생명의 흐름도 그와 다를 게 없다. 따라서 나는 아버지로부터 왔고, 아버지는 할아버지로부터 왔다는 이 쉽고 평범한 사실을 명심하는 것, 그것이 역사 인식의 기본이다. 그러므로 어제는 오늘의 아버지이고, 내일은 오늘의 아들인 것이다. 이 필연적 연속성에 의해 역사는 '지나가 버린 과거'가 아니고 '살아 있는 현재'이며 '다가올 미래'인 것이다. 그래서 역사는 오늘의 좌표를 설정하는 교훈이고, 문제 해결의 방법을 알려 주는 열쇠가 된다. 또한 역사는 미래를 가리키는 나침반인 동시에 미래를 밝혀 주는 등불인 것이다.

우리 한반도는 강대국들 사이에 끼어 있는 작은 땅이다. 우리가 하필 이 작은 땅에 태어나, 살다가, 여기에 뼈를 묻어야 하는 건 우리의 힘으로는 어찌할 도리가 없는 우리의 운명이고 숙명이다. 이 작은 땅, 약한 나라라서 5천여 년 동안에 크고 작은 외침을 931번이나 당했고, 끝내는 일본에게 나라를 빼앗기는 굴욕을 당하고 말았다.

'과거를 기억하지 못하는 사람은 그 과거를 되풀이한다.' 철학자 조지 산타야나의 말이다. '역사를 망각하는 민족에게는 미래가 없다.' 독립투사 단재 신채호 선생의 말이다. 치욕스러운 역사일수록 똑똑하게 기억해야만 하는 이유가 거기에 있다. 그래서 나는 일제 강점기의 굴욕과 핍박과 저항을 『아리랑』에 썼다.

그런데 그 이야기가 너무 길어 공부도 벅찬 학생들에게 꽤나 부담이 될 것 같았다. 그래서 좀 가볍고 쉽게 읽을 수 있도록 '청소년판'을 새로 엮게 되었다. 아무쪼록 우리 민족의 역사를 이해하는 데 청소년 여러분들의 친근한 벗이 되기를 바란다.

광복 70년, 분단 70년에

조정래

차례

제1부 아, 한반도

작가의 말 5

25 뻘밭 11

26 변신의 굴레 38

27 탐욕의 소용돌이 46

28 길 그리고 길 65

29 대지진의 시발 89

30 세월의 잔가지 116

31 뭉쳐야 산다 129

32 덧나는 상처 148

33 아버지와 아들 161

34 호랑이 아가리 178

35 파장과 진동 203

주요 인물 소개 228

소설에 담긴 역사 속 주요 사건 231

25

뻘밭

이동만의 집 앞에 네댓 사람이 초조하게 서성이고 있었다. 그들의 꺼칠한 얼굴이며 낡고 후줄근한 입성에는 궁기가 질질 흘렀다.

사랑방에는 역시 가난기가 흐르는 한 남자가 이동만 앞에 무릎을 꿇고 앉아 있었다.

"사또 행차 나팔 분 지가 언제라고? 인제 와서 뒷북치지 말고 썩 물러가게."

보료에 앉은 이동만은 고개를 외로 꼰 채 싸늘하게 내쏘았다.

"어르신, 논을 팔 적에 평생 소작을 부치게 해 준다고 약조 안 허셨는게라? 참말로, 이럴 줄 알았으면 논을 안 팔았을 것이구만이라."

원망스러운 얼굴로 남자가 토해 낸 것은 말이 아니라 차라리 울음이었다.

"무슨 새 날아가는 소리여, 시방! 그동안 5년 넘게 소작을 준 것도 다 일본 사람들이 인정이 깊어서 그리된 것이여. 그려, 니놈 논 도로 내줄 테니 당장 사겄으면 사!"

"아이고메……."

이 말을 신음처럼 흘리며 남자는 고개를 푹 떨구었다. 남자는 가슴에서 솟구치는 불덩이를 가까스로 참아 내고 있었다.

"그럼 올 1년만이라도 소작을 부치게 혀 주시게라. 그사이에 무슨 방책을 세울랑마요."

남자는 바싹 탄 입술로 애원했다.

"어허, 일본 농꾼들헌티 줄 논도 모자란다는 말을 몇 번씩이나 혀야 알아듣것어?"

이동만은 담뱃대로 재떨이를 내려치며 눈을 부릅떴다.

"우리보고 어찌 살라고 그러시능게라?"

울부짖듯 말하는 남자의 거칠고 마디 굵은 두 손이 부르르 떨렸다.

"어허, 답답한 사람. 농사 아니라도 군산이나 목포 부두에 가면 쌀짐에 목화짐 나르는 일거리가 태산이여. 허고, 정 농사를 지으려면 산속에 들어가 화전을 일궈도 되고, 고것이 맘에 안 들면

만주로 가. 거기서야 말뚝만 박으면 내 땅이라니 거기로 가는 것
이 좋겠구마."

이동만은 빙글빙글 웃으며 지나친 친절을 베풀고 있었다.

어금니를 악문 남자는 두 주먹을 부르쥐며 몸을 일으켰다. 주
먹으로 이동만의 면상을 후려치지는 못하더라도 욕이라도 속 시
원히 퍼붓고 싶었다. 그러나 이동만은 머슴을 서넛씩이나 거느린
세도 당당한 양반이었고, 일본 헌병대와 주재소까지 마음대로 주
무를 수 있는 일본인 대농장의 주임이었다.

대문 밖으로 그 남자가 나오자 밖에서 서성이던 사람들이 우르
르 몰려들었다.

"그 인종이 뭐라고 혔는디?"

한 남자가 그 남자의 어깨를 잡았다.

"말허면 뭘혀? 속에서 천불만 일지. 여기서 농사지을 생각 말고
부두로 가서 등짐 져 먹고 살라대. 정 농사짓고 싶으면 화전을 일
구든지 만주로 가라는 것이고."

그 남자는 비칠비칠 걸어가며 헛소리하듯 말했다.

"뭣이 어쩌고 어쩌!"

"날벼락 맞어 꼬드라질 놈."

"아이고, 어째 저런 놈이 의병 손에 안 뒤졌능고?"

사람들은 저마다 욕을 하고 침을 내뱉으며 발길을 돌렸다.

그들이 소작 농사마저 짓지 못하게 된 것은 일본 이주민들 때문이었다. 보호조약이 체결되고 나서 와짝 밀려들던 일본 이주민들은 의병의 기세가 드높아지면서 뜸해졌다. 그러다가 합방이 되면서 다시 밀려들었고 농장에서는 그들에게 먼저 논을 나누어 주었다. 결국 일본의 이주 농민들이 늘어나는 만큼 조선 사람들은 소작을 잃을 수밖에 없었다.

이동만은 군복 비슷한 근무복으로 갈아입고 방을 나섰다.

"여봐라, 얼른 자전거 대령허거라."

이동만은 헛기침을 하며 거드름을 피웠다.

머슴이 창고에서 자전거를 꺼내 안듯이 들고 대문 밖으로 나갔다.

자전거는 이동만이 가장 애지중지하는 물건이었다. 아무리 흙을 묻혀 들어오더라도 다음 날 아침에 말끔하게 닦여 있지 않으면 불호령이 떨어졌다.

이동만은 자전거를 굴리고 다니면서 자신의 부를 과시하는 동시에 자신이 진짜 개화꾼이라는 것을 자랑하고 있었다. 보호조약이 체결되면서 슬슬 일기 시작한 개화 바람은 합방이 되면서 거세게 불어닥치고 있었다.

이동만은 익숙한 솜씨로 자전거를 몰았다. 자전거의 속도가 빨라짐에 따라 봄기운 가득한 바람이 상쾌하게 일었다. 그러나 이동만은 그 시원한 바람처럼 기분이 상쾌하지는 않았다.

논을 사들인 농민들한테서 소작을 거둬들이는 것도 골치 아픈데 요시다는 또 소작료를 올리려 하고 있었다. 그 결정을 내리면 또 한바탕 소란이 벌어질 판이었다. 그래 봐야 소작인들은 별수 없겠지만, 중간에서 또 시달릴 일이 지겨웠다.

"이 주임, 왜 이리 출근이 늦소?"

사무실로 들어서던 이동만은 찔끔 해서 멈춰 섰다. 요시다가 자신을 꼬나보고 있었다.

"예, 아침부터 그놈의 소작인들이 또 몰려들어 소란을 피우는 바람에 늦었습니다."

이동만은 일본말로 거침없이 대답했다.

"그것들 참 골치 아프군. 그래, 어찌 됐소?"

요시다의 눈빛이 풀리며 목소리도 좀 부드러워졌다.

"제까짓 것들이 떼거리로 몰려온들 별수 있습니까? 꼼짝 못하게 해서 물리쳤지요."

이동만은 굽실거리면서도 자기 능력을 내세우고 있었다.

요시다는 이동만을 그런 골치 아픈 일들을 처리하는 방패막이로 삼고 있었다. 그래서 이동만이 표 나게 돈을 긁어모으는 것도 모르는 척 눈감고 있었다.

"에, 오늘 회의에서 그동안 논의해 온 소작료 인상을 결정하게 될 거요."

"아, 예에⋯⋯."

이동만은 순간적으로 솟은 놀라움을 잽싸게 누르며 허리를 굽실거렸다.

"아니, 왜 반응이 시원찮소? 이 주임은 소작료 인상이 싫소?"

요시다가 이동만을 매섭게 쏘아보았다.

"아, 아닙니다. 당연히 인상해야지요. 회사가 잘되는 것이 제가 바라는 것이지요."

"그러면 됐소. 소작인들에게 소작료 인상을 알릴 준비를 하시오. 그동안 조선인 지주들보다 소작료를 싸게 해서 은혜를 베풀었다는 것, 곧 개통될 군산·강경 간의 철도 공사에 회사가 막대한 돈을 희사했다는 것, 군산역에서 부두까지 철도 연장 공사도 막대한 돈을 희사하게 된다는 것, 그런 회사는 전적으로 조선의 발전을 위한 조치라는 점을 선전하시오."

요시다는 미리 준비한 말을 연설조로 쏟아 놓았다.

"예예, 명심하겠습니다."

이동만은 그저 머리를 주억거렸다.

"난 그만 회의에 가야겠소."

요시다는 말채찍으로 손바닥을 치며 걸음을 옮겼다.

"저⋯⋯ 여쭤 볼 말씀이 있는데요. ⋯⋯일본인이 낼 소작료도 올리는 겁니까?"

"당신 지금 정신이 있어 없어! 일본인이 조선 놈들하고 똑같아?"

눈을 부릅뜬 요시다의 고함이었다.

"예에, 그렇고말고요. 회의에 편히 다녀오십시오."

요시다의 서슬에 기가 질린 이동만은 문까지 열어 주며 굽실거렸다.

그런 이동만을 사환 아이가 물끄러미 바라보고 있었다.

"야 이놈아, 요것도 청소라고 혔냐? 더 깨끗이 혀."

이동만은 엉뚱하게 사환 아이에게 호통을 쳤다.

서로 소작을 얻으려고 소작인들이 다툼을 벌여야 자신의 재산이 불어나게 되어 있었다. 몇 년 사이에 재산을 듬직하게 모은 것도 일본 농장의 소작료가 조선인 지주들의 소작료보다 조금 낮았기 때문이었다. 그런데 그 차이가 없어지면 참으로 난리였다.

그는 담배를 연거푸 빨아 댔다. 담배 연기 속에 아내와 자식들의 얼굴이 떠올랐다.

"앞으로야 개화 세상이니까 신학문을 안 허고는 출세 못헌다. 느그들은 이 애비가 다 일본 유학을 시킬 것잉게 열성으로 공부허그라."

자식들에게 큰소리친 것이 한두 번이 아니었다. 자식들에게 신식 공부를 가르쳐 어엿한 벼슬을 시켜야 비로소 가문이 제대로 일어서는 것이었다.

'가만있자, 빚돈 이자를 올려?'

이동만의 머리를 번뜩 스친 생각이었다.

"소작료가 올랐으니 빚돈 이자도 올린다! 그려, 아주 좋은 방도로시."

그는 고개를 주억거리며 끼들끼들 웃었다.

송수익과 헤어진 지삼출은 보름 넘게 산에 머물러 있었다. 그가 책임진 여섯 명의 대원 중 두 명이 화전을 일구기로 되어 있었기 때문이다.

그들은 먼저 밭을 일굴 터를 찾았고, 그 뒤에는 두 집안이 머물 움막집을 짓기 시작해 어느새 마무리를 짓고 있었다.

"이렇게 울타리까지 둘러놓고 보니 아주 궁궐인디요."

한 남자가 집을 끼고 돌며 인사를 건넸다. 그 뒤로 동이를 인 처녀가 따르고 있었다. 그는 몸을 다친 송수익에게 잠시 은신처를 마련해 주었던 손 씨였다.

"아니, 딸까지 데리고 어쩐 일이다요?"

손판석이 처녀가 이고 있는 동이를 힐끗 보며 물었다.

"오늘이 집 다 짓는 날이라 술을 좀 걸러 왔는디, 맛이 어쩔랑가 모르겠소."

"어허, 우리 손 씨들 인심이 기막히당게."

손판석은 손뼉을 치며 "어이 두성이, 총각이 눈치 없이 뭘 허는 겨? 큰애기 목 다 빠지능구마." 하고 한 남자에게 주먹질을 해 보였다.

그들 가운데 유일한 총각인 배두성이 크고 두꺼운 입술을 헤벌리며 처녀에게로 뛰어갔다.

"진작 술동이라고 혔으면 목이 덜 빠졌제라."

배두성이가 동이를 받쳐 잡으며 처녀에게 눈웃음을 보냈다.

"힝, 말 한번 정 붙게 허네. 물동이면 목이 빠지게 놔둘라고 혔능가 보구만."

처녀가 눈을 흘기며 맵게 쏘아 댔다.

"맞어, 필녀 말이 맞어. 총각놈 말이 귀싸대기 맞기 딱 좋구만."

손판석이 처녀를 역성들고 나섰고, 다른 사람들은 와아 웃음을 터뜨렸다.

"저것이, 다 커 갖고 부끄럼 탈 줄도 모르고 언제나 철이 들지 원."

손 씨가 민망한 듯 딸을 보며 끌끌 혀를 찼다.

"치, 아부지는. 부끄럼은 아무나 보고 탄다요? 내가 미친 것도 아닌디."

필녀는 입을 삐쭉하며 휙 돌아섰다.

"하이고, 두성이가 필녀헌티 장가가기는 다 글렀구나."

"필녀 눈에 두성이는 퇴짜여 퇴짜."

이런 말이 다시 터진 웃음에 뒤섞이고 있었다.

"마침 퇴깽이 고기가 생겼응게 한 점씩 먹으면서 술맛 보시게라."

손 씨가 작은 바가지로 술을 휘저었다.

"참말로 고마우요. 밭 터 잡는 데도 앞장서 주고, 집 짓는 데도 발 벗고 나서 주고, 손 씨헌티 입은 덕이 너무나 크요."

지삼출은 술바가지를 받아 들며 고마움을 나타냈다.

"아이고, 그까짓 것이 무슨 덕이라고? 댁들 고생에 비허면 아무 것도 아닌디요. 나이 들어 뒷전에 처져 있으니……."

손 씨는 민망해하며 말끝을 흐렸다.

"그런 말씀 마시게라. 갑오년에 나서서 싸운 것이 얼마나 장헌 일인디요. 허고, 앞에 나서서 총질허는 것만 싸우는 것이간디요? 뒤에서 먹여 주고 입혀 주고 재워 주는 사람들이 없었으면 의병들이 쌈을 헐 수 있었겄소? 앞에 나선 사람이나 뒤에서 도운 사람이나 다 의병 아니겄능게라?"

지삼출은 분명하게 말했다. 그건 손 씨 듣기 좋으라고 하는 겉치레 말이 아니었다. 송수익의 일깨움을 통해 확실하게 마음에 담게 된 생각이었다.

"아이고, 그리 말씀허시니 쥐구녕을 못 찾겄구만이라우. 얼른 술잔 돌리씨요."

손 씨는 그 말이 고맙고 마음 뿌듯해져서 밝게 웃었다.

"술 잘 먹었소."

입맛을 다신 지삼출은 술잔을 기울였다.

"집이 다 됐응게 곧 뜨시겠제라?"

손 씨는 아쉬운 얼굴로 지삼출과 손판석을 보았다.

"오란 데는 없어도 가기는 가야겄제라."

손판석이 쌈지를 꺼내며 대꾸했다.

"근디…… 먹고살 일은 정해 됐소?"

손 씨는 걱정스러워하며 다시 물었다.

"제아무리 험헌 왜놈들 세상 됐다고 산 입에 거무줄이야 치겄소?"

지삼출은 마음에 담고 있는 생각을 다 말하고 싶지는 않았다.

"허기는 산속에서 비탈 밭이나 파먹고 사는 것이야 사람 사는 것이 아니제라. 그저 지은 죄가 무서워 이리 피해 살기는 허는디, 자식들 생각허면 앞이 막막허구만요."

손 씨는 가는 한숨을 내쉬었다.

"하이고, 왜놈들 앞잡이로 배 불리고 사는 인종들보다야 여기 산속에서 밤이면 퇴깽이허고 발바닥 대고 자고, 낮이면 비탈밭이나 가는 것이 훨씬 더 사람 꼴로 사는 것이오. 허고, 정말 사람 꼴로 사는 길은 딱 한 가지 있소."

손판석이 검지 손가락을 똑바로 세워 보였다.

"고것이 뭔디요?"

손 씨가 금방 반응을 나타냈다.

"고것이 뭔고 허니, 아들들이 크는 대로 의병으로 내보내시게라."

손판석의 엉뚱한 말에도 손 씨는 별 놀라는 기색 없이 입을 열었다.

"그러면 의병 싸움이 다 끝난 것이 아니랑게라?"

"뺏긴 나라를 찾을 때까지 끝내서야 되겠소? 우리가 지금 갈라지는 것도 더 센 힘으로 새로 뭉칠라는 임시변통이오."

지삼출의 설명이었다.

"새로 일어나기만 허면 내 자식도 의병으로 나서게 허겠구만요. 내가 왜놈들헌티 쌓인 원한이 얼만디. 근디, 왜놈 세상이 얼마나 오래가겠소?"

"그야 더 말헐 것도 없이 우리 조선 사람들 허기에 달린 것 아니겠소?"

지삼출은 마음속에 담아 둔 생각을 차분하게 풀어냈다.

"맞는 말씀이오. 다 우리 헐 탓이겠제라."

손 씨는 생각에 잠긴 얼굴로 고개를 끄덕거렸다.

"날이 어두워지는디 인제 그만 넘어가야 안 되겠소?"

손판석이 손 씨를 일깨웠다.

"어두워지나 마나 산짐승 다 됐응게라. 근디 언제 뜨실랑가요?"

손 씨가 쪼그려 앉으며 엉덩이를 털었다.

"일이 다 끝났응게 낼이라도 떠야겠소."

지삼출이 몸을 일으키며 대답했다.

"참말로, 이리 허망허니 이별이면 서운해서 어쩔께라?"

손 씨의 주름 잡힌 얼굴이 쓸쓸해졌다.

"또 만날 것인디요. 잘 계시씨요."

지삼출은 손 씨의 손을 잡았다.

다른 사람들도 손 씨와 작별 인사를 했다. 필녀는 어느새 빈 동이를 들고 울타리 밖에 나가 있었다.

나머지 사람들은 술기운에 젖어 관솔불 빛 아래 둘러앉았다.

"들어앉고 보니 아늑헌 것이 겉보기허고는 다른디요. 방바닥도 따땃허고."

총각 배두성이 새삼스레 방 안을 둘러보며 흡족해했다.

"자네도 여기 눌러앉지? 옆에 큰애기도 있겄다, 신방 차리면 더 좋을 것인디."

집주인이 된 천수동이 빙긋 웃으며 농을 걸었다.

"아까 보니 그리되기는 어렵겄든디? 그 큰애기 쌀쌀허기가 얼음장이등마."

다른 사람이 얼른 말을 이어받았다.

"나도 그런 처녀는 맘에 없소. 얼굴이 이쁘기를 허요, 행실이 얌전허기를 허요. 선머슴아처럼 덫질이나 허고 다니는 처녀를 각시 삼아 어디다 써먹겠소?"

"하이고, 자네 인물에 비허면 그 큰애기 인물은 떠오르는 달덩이고 날개옷 입은 선녀여. 그러고 산속에 살면서 덫질 잘허는 것이야 서방헌티 고기 먹여 잘 모실 장헌 솜씨지 어디 흉거리야 되간디?"

손판석이 엇지르고 나왔다. 사실 배두성은 뚝심은 세게 생겼어도 두꺼운 입술에 뭉툭한 코며, 인물은 촌스럽기 그지없었다.

"와따, 나 퇴깽이 고기 안 먹어도 좋은게 그런 선머슴아는 싫소."

배두성은 조금도 기가 꺾이지 않고 고개를 내둘렀다.

"벽은 괜찮은디 이놈의 짚방석이 너무 얼금얼금혀서 원……."

지삼출은 방바닥에 깔린 짚깔개를 매만지며 아쉬움을 나타냈다.

사방 벽은 종이 한 장 바르지 않은 흙 그대로였고, 방바닥은 엉성하게 엮은 짚깔개 사이사이로 흙바닥이 들여다보였다.

"아이고, 싸울 때는 맨흙에서도 잤는디요. 이만허면 양반집 안방 안 부럽구만이라우."

천수동은 진심으로 이렇게 말했다. 밭터를 구해 주고 집까지 지어 준 것이 그는 더없이 고마웠다.

"우선 이리 나고 내년에 짚 구해 새로 짜도록 허시오."

지삼출은 책임자답게 마음을 썼다.

"야아, 근디 내일 뜨시면 언제나 또 만나게 될랑가요?"

"나도 잘 모르겄소. 뒷일은 공허 스님이 다 알아서 헐 것잉게 천 씨는 그저 농사나 열성으로 지어 몸 보존 잘허시오. 강 씨도 그렇고."

"야아, 명념허겄구만이라우."

천수동 옆에 앉은 강기주가 대답했다.

"그리고, 식구들 옮길 적에 쥐도 새도 모르게 혀야 헐 것이오."

"야아, 그리허겄구만요."

"그담에, 한 마을 건너 한 사람씩 자리 잡고, 서로 모르는 사람인 척 남들 눈 피허는 것 잊지 마시오. 무슨 일이 있으면 남들 눈치 못 채게 김 씨헌티 알리고."

"야아, 알겄구만요."

지삼출의 말에 그들은 얼른 앉음새를 고치며 함께 대답했다. 그들은 연고 없는 곳에 숨어들어 농사를 짓기로 되어 있었다.

"다른 헐 말들 있으시오?"

지삼출이 대원들을 둘러보았다. 그들은 서로 바라볼 뿐 달리 할 말이 없는 얼굴들이었다. 관솔불이 긴 그을음을 피워 올리고 있었다.

밤 깊은 어둠에 싸여 지삼출과 손판석은 동네 어귀로 들어섰다. 어둠 속에서도 키 크고 가지 많은 당산나무의 자태는 어렴풋

이 드러났다.

"어디서 만날꼬?"

"첫닭 울면 만경 나가는 길목 다리 께에서 만나세."

두 사람은 서로 다른 고샅길을 찾아 헤어졌다.

지삼출은 담 옆으로 붙어 서서 발뒤꿈치를 바짝 들고 발끝걸음으로 걸었다. 몇 년 동안 목숨을 내걸고 싸웠으면서도 결국 밤고양이처럼 어둠에 숨어 살금살금 집으로 찾아드는 자신의 신세가 기막혔다. 부귀영화를 바라서 한 일이 아니었다. 하루를 살아도 사람답게 사는 것이 옳다는 생각으로 갑오년에 나섰던 마음 그대로 다시 나섰던 것이다. 그러나 그때나 지금이나 왜놈들에게 쫓기는 것으로 막음하고 있었다. 고생시킨 아내를 대할 면목이 없고, 애비 없이 배곯고 큰 두 자식에게 더없이 미안했다.

지삼출은 걸음을 멈추며 숨을 들이켰다. 어둠 속에 웅크린 듯한 집을 보자 가슴이 찡 울렸다. 자신이 의병으로 나서게 되자 아내와 아이들은 주인집 문간채에서 그 집으로 옮겨 앉았다. 주인은 왜놈들에게 당할지도 모를 위험을 미리 피하려 했던 것이다. 그러나 주인에게 서운한 생각은 없었다. 주인은 낡아 빠진 오두막이나마 장만해 주었고 그 뒤로도 아내에게 물일을 시키며 두 자식을 굶게 하지는 않았던 것이다.

지삼출은 조심스레 지게문을 질벅였다. 방 안에는 아무 기척이 없었다. 다시 방문을 가만가만 두들겼다.

"누, 누구여!"

아내의 겁 실린 목소리였다.

"어이, 나시 나."

"아이고메, 만복이 아부지!"

문고리가 벗겨지고 방문이 열렸다. 짚신을 벗어 든 지삼출이 방으로 몸을 디밀었다.

"어쩐 일이시오?"

어둠 속에서 무주댁의 목소리가 떨렸다.

"이, 아주 산에서 내려왔네."

지삼출은 아내를 쓸어안으며 말했다.

"야아? 그것이 무슨 소리다요?"

무주댁은 놀라며 남편의 가슴팍을 떠밀었다.

"놀랄 것 없네. 그대로 있으소, 그대로."

지삼출은 아내를 꼭꼭 끌어안았다.

무주댁은 남편의 가슴에 얼굴을 묻은 채 울고 있었다.

"다들 몸 성헌가?"

"야아, 얼른 아그들 보시게라."

무주댁은 눈물을 추스르며 남편의 가슴에 묻었던 얼굴을 들었다.

"그려, 불쌍헌 내 새끼들."

두 아이는 서로 떨어져 자고 있었다.

무주댁은 흐뭇해하며 남편이 아들을 품는 것을 지켜보고 있었다.

지삼출은 딸 곱단이의 손을 어루만지고 머리를 쓰다듬어 주었다.

"나 첫닭 울면 떠야 헝게……."

"인제 어디로 가신다요……?"

무주댁의 가느다란 소리였다.

"……군산으로 가 볼라네."

"군산이오? 거기서 뭘 헐라고?"

"쌀짐 지는 일이 많다니 그 일을 혀 볼 참이시. 아직 쌀 두 가마니 질 기운이야 남었응게. 허고, 군산에는 타관 사람이 많이 들끓어 몸을 숨기기도 좋네."

"그러면 우리는……?"

"내가 먼저 자리 잡고 나서 곧 부를 것잉게 내가 다녀간 표 내지 말고 기다리소."

"살기가 자꾸 더 팍팍해지느만이라."

"걱정 마소, 곧 데리러 올 테니. 나 한숨 자야겄네."

지삼출은 곧 잠이 들었다. 무주댁은 첫닭 울기를 기다리며 잠이 멀어지고 있었다.

더위가 기승을 부렸고 들녘에는 끝없이 펼쳐진 초록빛이 하늘

끝과 맞닿아 있었다.

"아하, 그 풍광 한번 좋다."

말 위에 올라앉은 요시다가 가늘게 뜬 눈으로 들판을 바라보며 경치를 감상하고 있었다.

"예, 풍광만 좋은 것이 아니라 금년에도 풍년입니다. 소작료도 올렸겠다, 풍년이 들면 지배인님 공이 하늘에 닿겠습니다."

이동만은 요시다의 귀에 단말을 이어 붙이고 있었다.

"소작료 인상이 작인들에게 통했다고 안심하지 마시오. 지금은 소작인들이 가만있지만 정작 가을에 가서 인상된 소작료를 내기 아까워 말썽을 부릴지도 모르오. 그러니 방심하지 말고 작인들 동태를 잘 파악하시오. 갑시다, 한 바퀴 돌아보게."

요시다는 가볍게 채찍질을 하며 말을 몰았고, 이동만은 그 뒤를 따라 자전거 발판을 돌렸다.

"이건 누구 논인가, 누구!"

요시다가 말을 멈추며 소리쳤다. 이동만이 그 말을 조선말로 바꾸었다.

"야아, 제 것이구만이라우."

농부가 어물어물 나섰다.

"논 색깔이 왜 이 모양이야? 게으름 피우지 말고 거름을 더 쳐, 거름."

요시다가 채찍 끝으로 농부를 겨냥하며 날카롭게 외쳤다.

"이리 농사지으면 소작 떼일 것잉게 정신 똑똑히 차려."

이동만이 옮겨 놓은 말이었다.

요시다는 다시 말을 달렸고, 그 뒤로 이동만은 기를 쓰며 자전거를 몰았다.

"저런 개아들 놈들, 당장 날벼락이나 쳐서 콱 꼬드라져라!"

멀어져 가는 그들을 노려보며 농부가 이빨을 뿌드득 갈았다.

며칠이 지난 깊은 밤, 그림자들이 담을 넘고 있었다. 소리 없이 움직이는 그들은 한둘이 아니었다. 담을 다 넘은 네댓 개의 그림자가 사랑채 앞에서 멈춰 섰다.

그림자가 문을 흔들었다. 안에서는 아무 기척이 없었다. 그림자는 거칠게 문을 흔들었다.

"누, 누구여! 누구여!"

방 안에서 흘러나온 겁에 질린 소리였다.

"밤중에 찾아온 것이 누구겄어, 밤손님이제. 돈만 내놓으면 된게 얼른 문 열어."

그림자의 대꾸였다.

문을 열어 주었다간 벽장 안에 모셔 놓은 돈궤의 돈을 고스란히 빼앗길 판이었다.

이동만은 방문 쪽으로 살금살금 기었다. 그리고 문고리를 붙들었다.

"도적이야, 도적! 판돌아, 갑동아, 일어나거라아! 도적이야, 불이야!"

이동만은 목이 터져라 외쳤다.

"어어, 난리 났네. 어쩔까?"

그림자 하나가 당황해서 말했다.

"다들 정신 차려. 저놈을 죽여야 혀!"

다른 그림자의 쩡쩡한 목소리였다.

그림자들이 뒤로 물러서는가 싶더니 몸으로 방문을 떠다밀었다. 나뭇가지 부러지는 소리와 함께 방문이 부서졌다.

"판돌아, 갑동아, 이놈들아……!"

이동만이 방바닥에 나뒹굴며 소리쳤다.

"작인들 피 빨아 대는 이 원수 놈을 죽여!"

이 말과 함께 그림자들이 몽둥이를 휘둘렀다.

"아이고메 나 죽네. 살인이여, 살인!"

이동만은 허우적거리며 외쳤다.

어둠 속에서 퍽 퍽 하는 소리와 날 선 비명이 뒤엉켰다.

두 머슴이 사랑채로 달려오고 있었다.

"머슴들이다, 저놈들 패 죽여!"

사랑채 앞을 지키고 있던 그림자들이 두 머슴과 맞붙었다.

방은 방대로, 마당은 마당대로 비명이 터졌다.

그때 안채 쪽에서 불빛이 달려왔다. 그리고 여자들의 외침이 어둠을 찢기 시작했다.

"어이, 계집년들이 불을 들었네. 다들 내빼!"

마당에서 다급하게 소리쳤다.

방에서 그림자들이 튀어나와 삽시간에 어둠 속으로 사라졌다.

"저놈들 잡어라, 저놈들! 저것들은 도적이 아니라 작인 놈들이다. 당장 잡어!"

이동만은 허둥지둥 방에서 나오며 외치다가 마루 아래로 곤두박였다.

조금 있다가 여자들의 호롱불 빛이 사랑채 마당을 비추었다.

"아이고 영감, 요것이 어쩐 일이당게라?"

아내 박 씨가 질겁을 했다. 얼굴이 피범벅인 이동만은 죽은 듯이 마당에 널브러져 있었다.

"영감, 영감, 정신 차리시오."

호롱불을 부엌데기에게 넘긴 박 씨는 울먹거리며 남편을 흔들었다.

"다, 다리…… 다리가……."

얼굴을 찡그릴 대로 찡그린 이동만의 목소리가 기어들어 가고 있었다.

"다리가 어쨌다는 것잉게라?"

박 씨가 남편의 다리를 붙들었다. 그 순간 이동만이 윗몸이 벌떡 일으키며 자지러지는 비명을 질렀다. 그때서야 박 씨는 남편의 다리가 부러졌다는 것을 알았다.

"어떤 독헌 도적놈들이 사람을 끌어내다가 다리까지 분질르능고……?"

남편을 방에 눕히고 얼굴에서 피를 닦아 내며 박 씨는 눈물을 떨구었다.

그들이 소작인이라는 것을 알고 이동만은 몽둥이질을 당하면서도 한 놈만 잡으면 된다고 생각했다. 그 욕심에 정신없이 뒤를 쫓다가 마루에서 허방을 디뎌 다리가 부러진 것을 박 씨가 알 리 없었다.

하늘이 희붐하게 트이자마자 이동만은 병원으로 실려 갔다. 급히 연락을 받고 달려온 요시다가 앞장선 입원이었다.

군산에 하나밖에 없는 그 병원은 의병을 토벌하다 부상당한 일본군을 치료하기 위해 만든 일종의 후송병원이었다. 그러다가 '남한 대토벌'이 끝나면서 일반 병원으로 모습을 바꾸었다.

"아니 그래, 얼굴 아는 놈이 하나도 없단 말이오?"

요시다가 안타까워했다.

"아, 캄캄한 밤에 무슨 수로 얼굴을 알아봅니까?"

이동만이 거침없이 쏘아 질렀다. 요시다 앞에서 그리 당당하게 기세를 편다는 것은 평소에는 상상도 못할 일이었다. 이동만은 '내가 네놈 대신 이 꼴이 된 것이다' 하는 시위를 겸해 공을 과시하자는 것이었다.

"죽일 놈들, 다리까지 부러뜨리다니. 그놈들을 내가 꼭 잡을 테니 이 주임은 치료나 잘 받으시오."

이동만은 요시다의 이 말에는 아무 대꾸 없이 앓는 소리만 더 크게 냈다. 다리가 부러진 까닭을 그대로 말했다간 웃음거리가 되기 십상이었다.

"에에 또, 이 주임한테 반가운 소식을 알려 주겠소. 며칠 전에 미개간지 이용법이 공포됐소. 지난 4월에 공포된 토지수용령과 함께 우리한테는 땅을 더 늘릴 수 있는 법이오. 총독부에서 어업령, 임업령까지 공포하고 또 미개간지법까지 공포해 준 것이오. 이렇게 우리 앞길을 열어 줬으니 이 주임은 어서 완쾌하도록 하시오."

요시다는 이동만의 손을 꼭 잡아 주었다. 이동만은 그만 가슴이 찡 울렸다.

이동만이 소작인들에게 몰매질을 당했다는 소문이 농장 안에 쫙 퍼졌다. 소작인들은 차례로 농장 사무실로 끌려갔다. 농장 사무실에는 헌병들이 진을 치고 있었다.

헌병들은 소작인들에게 무작정 매타작을 놓았다. 범행을 자백

하라는 것이었다. 매타작은 나흘 동안이나 계속되었지만 범인의 흔적은 끝내 찾지 못했다.

이동만은 열흘쯤 지나 퇴원했지만 왼쪽 다리에 석고를 해 움직일 수 없었다. 그런 몸으로 푹푹 찌는 삼복더위를 나자니 이동만은 괜한 일에도 짜증을 냈다.

"흐흐흐흐…… 마침내 조선교육령이 공포됐소. 이제 본격적으로 일본어 교육을 실시해 조선 사람들을 그야말로 대일본 제국의 신민으로 만든다 이거요."

한 달에 한 번쯤 얼굴을 내밀고 가는 요시다가 8월에 와서 한 말이었다.

"미간지 조사가 드디어 시작됐소. 땅 넓힐 기회가 왔으니 어서 낫도록 하시오."

요시다가 9월에 와서 한 말이었다.

이동만은 넉 달 만인 10월에 석고를 뗐다. 날아갈 것 같았다. 그러나 그 기분도 잠시, 석고를 떼고 걸어 보니 다리가 절름거리는 것이 아닌가?

"다리가 어째 이러요? 내가 절름발이가 된 것 아니오!"

이동만은 일본 의사에게 조선말로 울부짖었다.

며칠을 낙망에 빠져 있던 이동만은 작인 놈들에게 원수를 갚기로 이를 앙다물었다.

26

변신의 굴레

"그동안 고생이 많았지요?"

포교당에서 지삼출과 손판석을 기다리고 있던 공허가 반가운 웃음으로 두 사람을 맞이했다.

"몸에 익은 일인디 고생은 무슨…… 근디 스님은 그사이에……."

지삼출은 말끝을 사리며 공허를 바라보았다. 다음 말은 눈에다 담고 있었다.

"예, 모시고 다녀왔구만요."

공허가 나직이 말하며 엷게 웃었다.

"무사허셨구만이라우."

"거기가 어딘게라?"

지삼출과 손판석은 반갑게 다가앉으며 한꺼번에 입을 열었다.

"예, 무사히 통화라는 땅에 당도허셨는디, 거기서 어디로 옮기실지는 소승도 잘 모르겠구만요. 거기 형편에 따라 정허실 일이니께."

그들은 '대장님'이니 '만주'니 하는 말은 생략했다. 공허가 송수익과 함께 만주까지 갔다가 돌아온다는 계획을 아는 대원도 몇 사람 되지 않았다.

"우리는 어째야 허능게라?"

지삼출이 쌈지를 꺼내며 물었다.

"더 기다려야겠소. 거기서 일을 짜기로 혔웅게."

"스님이 큰 고생허셨구만요."

"고생은 무슨 고생, 중놈이 기차란 것 타고 산천 유람 잘혔제."

"기차란 것이 조선 땅허고 만주 땅을 맘대로 왔다 갔다 허능게라?"

손판석이 놀란 얼굴로 물었다.

"예, 작년 11월부터 그리됐소."

공허가 한숨을 내쉬었다.

"어허, 선생들까지 군대 옷 입히고 칼 차게 혀 놓고 왜놈들이 인제 만주 땅도 집어먹을라는 심보 아니여?"

손판석이 부싯돌을 치며 말했다.

"그놈들이 그런 심보로구만. 그리되면 거기서도 의……."

지삼출은 말을 멈칫했다가는, "우리 일도 다 틀리는 것 아니여?" 하고 의병이란 말을 뺐다.

"나도 와서야 알았는디, 선생들을 헌병 만들어 놓은 것 보고 앞이 캄캄해져 부렀소. 그려도 거기는 여기허고 다르니 맘 급히 먹지 마시오."

공허가 위로하듯 말했다.

총독부에서는 작년 11월부터 공립보통학교 선생들에게 군인 제복을 입게 했다.

"근디 여기는 살기가 어쩌요?"

공허가 마음이 쓰이는 듯 약간 얼굴을 찡그리며 물었다.

"그작저작 살 만허구만요."

지삼출은 가볍게 대꾸하며 웃어 보였다.

"식구들은 어찌 되았소?"

"날 풀리면 차차 데리고 올라능마요."

공허는 마음이 무거웠다. 아직 식구들과 떨어져 살고 있다는 것은 그들의 노임이 형편없다는 증거였다.

공허가 바랑을 끌어당기며 일어날 채비를 했다.

"인제 어디로 가시능게라?"

손판석이 아쉬운 얼굴로 물었다.

"중놈이야 오란 데는 없어도 갈 데는 많은게요."

공허는 빙긋 웃으며 몸을 일으켰다.

지삼출과 손판석은 포교당을 나와 주위를 둘러본 뒤 돌아보는 일 없이 내처 걸었다.

"근디, 자네 언제 집에 걸음 헐랑가? 그만 싹 데리고 오는 것이 어떤가?"

손판석이 시름 섞인 소리로 물었다.

"긍게 말이시. 근디 나는 한 식구가 더 딸려서 걱정이로구마."

"무슨 소리여?"

"영근이네 말이시."

지삼출이 무거운 한숨을 쉬었다.

"감골댁이 자네허고는 원체 한 집안걸이 살어서 그러는갑구만."

"그려, 그런 것이제."

"이참에 가서 일 저질러 불랑가?"

손판석이 지삼출의 팔을 붙들었다.

"그러세, 어차피 야반도주헐 신세인게."

두 사람은 부두 쪽으로 발길을 돌렸다.

며칠 뒤 늦은 밤, 지삼출과 손판석은 마을로 숨어들었다.

"마을을 떠나려니 맘이 영 지랄 겉은디."

손판석이 중얼거렸다.

"어찌 안 그러겄어? 태 묻고 크고 장가들어 새끼들 낳고 산 땅
인디."

가라앉은 어조로 지삼출이 대꾸했다.

두 사람은 서로 다른 고샅길을 잡았다. 지삼출은 방으로 들어
서서 앉지도 않고 아내에게 일렀다.

"얼른얼른 짐 챙기소. 금세 떠야 헝게."

"무슨 번갯불에 콩 볶아 먹는 소리다요? 챙길 짐이 한두 가지
가 아닌디, 며칠 전에 일러 줘야제라."

"자네 시방 태평세월이시. 내가 벼슬혀서 한양 행차허는 줄 아능겨? 며칠 전에 일러 줘서 짐 싸는 소문나면 우리 식구 다 어찌 되는지 몰라서 허는 소리여?"

지삼출의 낮은 목소리에 노여움이 묻어 있었다.

"알았구만요. 근디 우리만 뜨는게라?"

"아니시, 내가 시방 감골댁헌티 다녀올라네. 농사지어 먹고살 것 아닝게 옷허고 이불, 밥그릇만 딱 챙기소. 솥단지도 챙기지 말어."

"야아, 얼른 다녀오시게라."

무주댁은 두근거리는 가슴으로 남편의 등을 밀었다.

지삼출은 한달음에 감골댁 집으로 갔다. 사립을 밀치고 마당으로 들어서는데 문득 영근이 얼굴이 떠올랐다. 돈 벌어 꼭 돌아오겠다던 세월이 9년이나 흘렀다. 그렇게 끌려가지 않았다면 틀림없이 함께 의병으로 나섰을 것이다. 지삼출은 코허리가 매워졌다.

"아짐씨, 나 삼출인디요."

지삼출은 지게문을 가만가만 흔들었다.

"어쩐 일이여? 이 밤중에."

감골댁은 몇 달 만에 만난 지삼출의 팔을 더듬어 붙들었다.

대근이와 수국이가 어둠 속에서 인사했다. 지삼출은 대근이의 굵은 어깨를 어루만지며 세월의 흐름을 실감했다.

"오늘 밤에 군산으로 뜰라능마요. 얼른 짐 챙기시게라."

"아이고메, 자네가 우리 은인이시."

감골댁의 목소리가 울먹였다.

지삼출은 감골댁에게 짐을 가볍게 꾸리라 이르고 방을 나섰다.

잠이 깬 두 아이가 어두운 아랫목에 붙어 앉아 있었다. 지삼출은 아직 젖비린내가 남아 있는 것 같은 두 아이를 한 아름에 안고 한참이나 앉아 있었다.

이윽고 지삼출이 짐을 지고 집을 나섰다. 아내와 아이들을 당산나무 아래에 두고 감골댁네로 갔다. 감골댁 식구들은 마루에 나앉아 기다리고 있었다.

그들은 발소리를 죽이며 당산나무 아래까지 왔다. 손판석네 식구도 이미 와 있었다.

"느그들 엄니 손 꽉 잡고 걸어야 혀. 걷다가 엎어져도 울어서는 안 되고. 울면 왜놈 순사 칼에 우리 다 죽응께."

지삼출이 두 집 아이들에게 다졌다.

세 집 식구들은 어둠 속을 걷기 시작했다. 깊은 어둠이 그들을 감싸 주고 있었다.

27

탐욕의 소용돌이

배를 약간 내민 장덕풍은 팔을 맘껏 휘두르며 걸었고, 그 뒤를 등짐 진 두 사내가 따르고 있었다. 한 발 앞선 사내는 빈대코 김봉구였고, 뒤의 사내는 새로 짝을 맞춘 나보길이었다.

"저기 다 왔네."

장덕풍은 걸음을 멈추고 앞을 손가락질했다.

"아니, 저것이 무슨 공장인게라? 다 허물어 가는 집이제."

김봉구가 어처구니없다는 듯 헛웃음을 쳤다. 나보길도 실망스러운 얼굴이었다.

"잉, 그럴 줄 알았제. 껍데기만 뻔지르르허기를 바라는 실속 없는 자네들은 평생 그놈의 등짐 신세 못 면헐 것이여."

장덕풍은 두 사람에게 눈을 흘기며 혀를 찼다.

그러나 두 사람이 실망한 것도 무리는 아니었다. 장소도 변두리인 데다 눈앞에 놓인 것은 허름한 초가 한 채였다.

"자네들 요것 좀 읽어 보소."

장덕풍은 문 앞에 떡 버티고 서서 느긋한 소리로 말했다.

"장풍제과사업소."

나보길이 얼른 읽어 내렸다.

"장풍제과사업소? 장풍이야 성님 이름에서 따온 것이고, 제과에 사업소는 뭣이오? 사탕 공장이란 말은 어디 가고?"

김봉구는 눈치 없이 입을 놀렸다.

"무식허기는, 제과는 사탕이나 과자를 만든다는 말이고, 사업소는 공장이란 뜻이면서 더 윗길인 말이여. 나 겉은 사람은 인제 장사치가 아니라 사업가여, 사업가!"

장덕풍이 제 가슴을 손바닥으로 퍽퍽 치며 외쳤다. 그 기세에 김봉구와 나보길은 기가 꺾였다.

넓은 마당을 가로질러 초가집에 가까워지자 단내와 고소한 냄새가 풍겨 왔다. 그리고 무슨 동그란 것들이 얇은 쇠판을 구르는 소리가 다그르르 자그르르 들려왔다.

장덕풍이 큰기침을 하며 판자문을 밀고 안으로 들어갔다. 뒤따라 들어온 김봉구와 나보길은 그만 눈이 휘둥그레졌다.

초가집 안은 밖의 볼품없는 모습과 딴판이었다. 초가집 안은 완전히 트여 꽤 넓어 보였다. 단내와 고소한 냄새가 진동하는 그곳에서 네댓 사람이 바삐 일손을 놀리고 있었다.

"자, 맘 놓고 구경들 허드라고."

장덕풍 옆에서 두 사람은 완전히 주눅이 들어 어느새 두 손을 앞으로 모아 잡고 있었다.

장덕풍은 엿가락처럼 긴 것을 실로 토막 내고 있는 사람 앞에서 걸음을 멈추었다. 그 젊은이는 실 한쪽 끝을 입에 물고 다른 끝을 오른손에 잡고는 실을 한 바퀴씩 돌려 왼손에 든 엿가락처럼 긴 것을 자르는데, 그 손놀림이 어찌나 빠른지 거의 보이지 않을 지경이었다.

그 젊은이가 일손을 멈추자 장덕풍이 입을 열었다.

"기문아, 새로 온 손님들이다. 인사혀라. 어이, 우리 작은아들이고, 이 사업소 지배인에다 공장장이시."

장덕풍은 거만스레 작은아들을 두 사람에게 소개했다.

"장기문이라고 허능구만이라."

젊은이가 꾸벅 인사했다.

"이, 나는 자네 아버님을 성님으로 뫼시고 등짐장사를 배운 김봉구라고 허능구마. 자넨 참말로 세상에 둘도 없는 재주를 지녔네 이?"

김봉구는 부러운 듯 젊은이를 바라보았다.

"재주가 아니라 기술이시, 기술!"

장덕풍은 김봉구에게 눈총을 쏘며 내질렀다. 그는 등짐장사를 자신에게 배웠다는 김봉구의 말에 비위가 뒤틀렸던 것이다. 그는 언제부턴가 보부상 하던 과거를 감추고 싶어 했다.

"저는 나보길이라고 허능마요."

나보길이 고개를 깊이 숙였다.

"저쪽으로 가서 사탕이고 과자고 맛보면서 쉬시씨요. 저는 일이 바쁜게요."

장기문이 인사치레를 하고 돌아섰다.

"그려, 맛을 볼 때, 한 가지에 하나씩만 맛을 보소. 많이 먹을수록 맛이 덜해지닝게."

장덕풍이 앞장서며 큰 소리로 말했다.

곧 나이 어린 공원이 작은 함지박에 과자며 사탕을 고루 담아 왔다.

김봉구는 과자를 얼른 집었다.

"염병헐, 그년만 아니었어도 내 신세가 요 꼴은 아닐 것인디. 그년을 잡기만 허면 가만두지 않을 것이로구만."

김봉구는 과자를 와삭 깨물었다.

"이 사람아, 인제 그 소리 그만 허랑게. 그때 자네가 태수겉이

죽었으면 어쩔 것이여? 살아 있는 것을 천행으로 알고 앞일만 생
각허란 말이시. 내 말 알아먹어!"

장덕풍은 같은 말을 벌써 몇 번이나 했는지 몰랐다.

"잊을라고 혀도 잘 안 되는디 어쩔 것이오?"

김봉구는 어깨를 늘어뜨렸다.

나보길은 두 사람의 말에는 귀를 팔지 않고 이것저것 부지런히
맛을 보기에 바빴다.

"맛이 어때?"

장덕풍이 나보길의 눈치를 살폈다.

"야아, 맛이야 일본 공장 것이나 다를 것이 없는디요. 값을 쬐깨라도……."

나보길은 말끝을 얼버무렸다.

"하면, 자네들이 누구라고?"

두 사람 사이에 벌써 거래가 이루어지고 있었다.

김봉구와 나보길은 장덕풍이 제과 공장을 차리는 것을 계기로 상품 품목 하나를 더 추가하는 것이었다. 그들이 등짐에 싣는 품목은 10년쯤의 세월 동안 알게 모르게 자리바꿈을 해 왔다. 무명베가 광목으로 바뀌고, 일제 화장품에 궐련과 성냥이 끼어들었다. 이제 그들의 등짐은 거의가 일본 물건으로 채워졌다.

"돈벌이를 잘허려면 싸게라도 많이 팔아야 혀. 양반 미투리 짜는 놈허고, 상놈 짚신 짜는 놈이 결국 큰 부자 됐다는 말 명념허드라고."

장덕풍은 자리를 털고 일어섰다. 자기가 물건을 싸게 주는 만큼 싸게 팔아넘겨 자주 오라는 말을 그렇게 하고 있었다.

"터를 아주 널찍이 잡으셨구만이라 이."

공장을 나선 나보길이 빈터를 둘러보며 부러운 눈치였다.

"여기다 공장을 지으려고 돈푼 좀 썼구만. 사탕 공장이야 반의반만 잘라서 짓고 남는 땅에는 정미소를 지을 참이여."

장덕풍의 말에 김봉구는 온몸에서 맥이 빠졌다. 정미소까지 세울 꿈을 꾸는 것으로 보아 장덕풍은 자기 생각보다 훨씬 더 돈이 많은 게 틀림없었다. 정미소는 큰돈이 들어서 그렇지 세우기만 하면 돈을 삼태기로 긁어모은다는 소문이었다.

"인제 가세."

장덕풍은 다시 앞장을 서서 걷기 시작했다.

장덕풍은 자기 가게 앞에 인력거가 서 있는 것을 보고 걸음을 서둘렀다.

"어딜 갔길래 사람을 기다리게 허나?"

장덕풍이 가까이 다가가자 인력거에서 호령이 떨어졌다. 장덕풍은 상대가 만경 부자 정재규라는 것을 알아보았다.

"아이고 만경 어른, 사탕 공장 좀 다녀오느라고⋯⋯. 오래 기다리셨는게라우?"

장덕풍이 손을 모아 잡고 굽실거렸다.

"양반 체면에 곤란해서 가려던 참이네."

정재규의 어조는 싸늘했다.

"죄송스럽구만요. 오실 줄 알았으면 자리를 안 뜨는 것인디, 제가 실수혔구만요."

장덕풍은 모든 것을 자기 잘못으로 덮어쓰며 상대의 비위를 맞추려 들었다.

"이리 가까이 오게."

나이 많은 장덕풍은 재빨리 젊은 정재규가 앉아 있는 인력거 옆으로 붙어 섰다.

"에…… 나 오늘 급히 돈이 필요하네."

정재규의 나직한 말이었다.

"야아, 얼마나 올리면 되는디요?"

장덕풍은 또 노름판이 벌어진다는 것을 직감했다.

"우선 50원을 챙기게."

"야아, 어디로 가시는디요?"

"국향으로 가네."

"야아, 금방 보내겄구만이라우."

"어서 가자."

정재규는 호령하며 인력거 등받이에 몸을 눕혔다.

"니가 노름에 미쳐 돌아가는구나. 그려, 많이많이 미쳐 돌아가라. 그럴수록 내 재산이 불어난께. 애비 없어진 부잣집 자식이 노름 말고 헐 짓이 뭐가 또 있겄냐?"

멀어지는 인력거를 바라보며 장덕풍은 히죽히죽 웃고 있었다.

김봉구와 나보길이 물건을 거의 챙겼을 즈음, 순사 하나가 가게 앞에 자전거를 세웠다.

"아이고메, 요것이 우리 칠문이 아니라고? 와아, 참말로 기막허시!"

그 순사가 가게로 들어서자 장칠문을 알아본 김봉구가 그의 손을 덥석 잡았다.

"어허 아재, 칠문이가 뭐요? 나도 인제 나이 서른이 넘었고, 정식 순사란 말이오. 사람 체면 막 깎지 마시오."

장칠문은 냉정하게 말하며 김봉구에게 잡힌 손을 빼냈다.

"어허, 긍게…… 뭣이냐……."

그저 반가움만으로 대들었다가 면박을 당한 김봉구는 어쩔 줄 몰랐다.

"하야가와 국장님이 아부지 좀 보자고 허시요."

장칠문이 박하사탕을 집으며 말했다.

"잉, 급히 나갈 일이 있었는디, 나 좀 태워다 다오."

장덕풍은 곧 아들의 자전거 뒷자리에 올라앉았다.

"가자, 국향 술집부터."

장덕풍은 하야가와가 왜 오라고 하는지 생각해 보았지만 딱히 짚이는 게 없었다.

의병이 씨가 마르고 있다고 해서 그와의 관계가 달라진 것은 없었다. 하야가와는 의병이 일어나기 전에는 동학당 뿌리를 캐야 한다고 성화더니 이제는 의병의 뿌리를 도려내야 한다고 다그쳤다. 그 지독한 끈기에 그저 기가 질릴 뿐이었다.

그러나 칠문이의 출세도 다 그 덕분이었다. 칠문이가 거지처럼 떠도는 사람을 하나 잡았는데 그게 바로 의병을 하던 자였다. 그 공으로 칠문이는 제격 정식 순사가 되었다. 그뿐 아니라 하야가 와한테 아들을 군산으로 옮겨 달라고 한 마디 했더니 그것도 금 방 해결되었다.

"군산 오니 순사질 헐 만허냐?"

아들의 허리를 붙든 장덕풍이 큰 소리로 물었다.

"그럼요, 큰 괴기는 큰 물서 놀아야제라."

"니까짓 것이 무슨 큰 괴기여? 인제 새끼 순사인 것이."

"허 아부지, 두고 보시오. 내가 꼭 경찰서장 해 먹고 말 것잉게라."

"아따, 그리되면 효도허는 것이제."

자전거의 속도를 따라 5월의 바람이 시원하게 얼굴을 스쳤다. 장덕풍은 경찰 제복을 입은 아들의 허리를 안고 번화한 군산의 대로를 달리는 달뜬 기분을 맘껏 즐기고 있었다. 그 기막힌 기분 은 어떤 양반도, 어떤 관리도 부럽지 않았다.

"아부지, 국향 골목 다 왔구만이라."

"이, 고생혔다."

장덕풍은 아들의 등을 두들겨 주고 자전거에서 내렸다. 그는 손 바닥의 듬직한 느낌을 음미하며 큰아들을 일진회에 넣고, 작은아 들을 사탕 공장에 넣은 자신의 판단에 또다시 만족하고 있었다.

"하이, 장 상!"

장덕풍이 일본 기생집 국향 앞 자갈 깔린 길을 걸어가는데, 기생 하나가 마루에 서서 빨리 오라고 손을 까불어 대고 있었다.

장덕풍이 막 돌계단을 올라설 때 정재규가 나와 손부터 내밀었다.

장덕풍은 아무 말 없이 돈을 내밀었다. 돈을 받아 든 정재규가 돌아서려 했다.

"만경 어른, 여기 손도장……."

장덕풍은 손바닥만 한 종이 묶음을 넘기며 낮은 소리로 말했다.

"지금 급헌디 다음에 누르세."

정재규의 얼굴이 짜증스러워졌다.

"그리는 안 되겄는디요."

목소리가 완강해지며 장덕풍의 투박한 손이 동그란 인주통을 열었다.

"어디여, 어디?"

정재규는 신경질을 부리며 오른손 엄지손가락을 내밀어 지문을 찍었다. 지문이 찍힌 곳에는 서툰 글씨로 금액과 날짜가 적혀 있었다.

"가게에 있겄구만이라우."

장덕풍이 돌아서며 남긴 말이었다. 노름하다 돈이 더 필요하면 연락하라는 뜻이었다.

서둘러 골목을 벗어난 장덕풍은 우체국 뒷문에 이르러 좌우를 살피고는 재빨리 안으로 들어갔다. 그리고 국장실 뒷문을 똑똑 똑똑똑 하는 식으로 두들겼다. 하야가와하고 약속되어 있는 신호였다.

　"들어오시오."

　문이 열리면서 얼굴처럼 부드러운 하야가와의 목소리가 흘러나왔다.

　"국장님, 안녕하셨습니까?"

　장덕풍은 유창한 일본말과 함께 허리를 깊이 숙였다.

　"예, 저쪽으로 앉으시오."

　하야가와의 말을 들으며 고개를 든 장덕풍은 놀란 얼굴로 멍하니 서 있었다.

　"아니, 왜 그리 놀라시오?"

　하야가와가 멋쩍은 웃음을 지었다.

　"저어, 국장님이 무관복을 입으셔서……."

　장덕풍은 한쪽 손을 뒷머리로 가져가며 히죽 웃었다.

　"총독부 지시로 모든 관리들이 무관복을 착용하게 된 것이오. 왜, 안 어울리오?"

　"아닙니다, 아주 잘 어울립니다."

　"잘 어울린다니 좋소. 앉읍시다."

하야가와는 먼저 의자에 앉으며 고개를 끄덕였다.

"헌데…… 어째서 보통학교 선생님들한테도, 관리들한테도 무관복을 입으라는 건가요?"

의자에 엉거주춤 엉덩이를 걸친 장덕풍이 물었다.

"그야 조선이 너무 문란하고 어지러우니까 관리나 선생들이 군인 정신으로 단결해서 조선의 기강을 바로잡아 살기 좋게 만들어 주려는 것이오."

"예에, 아주 고마운 일이로군요."

장덕풍은 환하게 웃어 보였다. 그러나 속은 석연찮았다. 온통 헌병 천지가 되어 버린 것 같아 보기에도 좋지 않고 왠지 으스스했다.

"가게에 드나드는 손님들한테도 그 점을 잘 설명해 주시오."

하야가와는 장덕풍을 주시하며 강한 어조로 말했다.

"예에, 명심하겠습니다."

장덕풍도 그에 맞추어 힘 있게 대답했다.

"내가 장 상을 보자고 한 건 이번에 장학후원회를 결성하기로 한 것 때문이오. 유지들이 힘을 모아 대일본 제국과 조선의 번영을 위해 일할 인재들에게 장학금을 대 주려는 거요. 이 좋은 일에 장 상도 회원이 되었으면 하는데, 어떠시오?"

"여부가 있습니까? 그런 좋은 일에 저 같은 것을 끼어 주시다니, 돈이야 말씀하시는 대로 다 내겠습니다."

장덕풍은 흔쾌하게 말했다. 그건 결코 아부만이 아니었다. 자신을 '유지' 대접해 준 사실이 기분 좋았고, 이 일로 하야가와하고 더 가까워질 수 있었다.

"하하하하…… 장 상은 역시 호남아요. 돈이야 1년에 두 번쯤 내면 되는데, 그리 많은 액수는 아닐 거요. 내 그 고마운 뜻 잊지 않고 차차 갚아 나가겠소."

하야가와는 아주 유쾌하게 웃었다.

"아니 뭐…… 제까짓 게……."

장덕풍은 쑥스러운 듯 웃었지만, 차차 갚아 준다는 말에 속으로 환호성을 지르고 있었다.

정재규의 두 동생 정상규와 정도규는 형을 찾아 나선 강 서방을 기다리며 대청에 나앉아 있었다. 5월 하순이라 한낮의 햇발은 더위를 품고 있었다.

그들 옆에는 어머니 최 씨가 보료에 비스듬히 기대 누워 있었다. 최 씨의 혈색 없는 얼굴에는 병색이 드러나 있었다.

"도규야, 이 에미 죽기 전에 너를 장가들이려는 것은 에미 욕심만이 아니랑게. 니가 장가간다고 맘을 정해야 니 몫을 찾게 된단 말이다. 큰형 앞에서 니 입으로 장가간다고 말허고, 재산을 아버지 유언대로 나눠 달라고 당당허니 말허란 말이다."

최 씨는 기운 없는 소리로 그러나 간곡하게 막내아들 정도규에게 말하고 있었다. 그러나 정도규는 입을 꾹 다물고만 있었다.

"도규야, 니는 어찌 그리 말귀를 못 알아듣냐? 장가를 들어 각시는 여기 집에 있고 니는 경성 가서 공부허면 공부에 무슨 지장이 있겄냐? 니 몫 재산이야 안 찾아도 좋은디, 어머니께 그리 불효해도 되겄냐?"

정상규는 성질 돋은 눈길로 동생을 쏘아보았다.

정도규는 눈을 내리감으며 또 생각해 보았다. 혼인에 불효라는 문제가 연결되면 그만 할 말이 없어졌다. 그건 어머니가 자신에게 바라는 유일한 소원이었다. 어머니가 끝자식인 자신에게 베풀어 준 사랑은 흉거리가 될 만큼 유별났다. 그런 어머니가 당신 살아 생전에 하기를 바라는 혼인을 공부를 내세워 거부하기란 너무 괴로웠다.

"예, 어머니 말씀대로 하겠습니다."

정도규가 눈을 뜨며 말했다.

"아이고 고마워라, 우리 아들. 나 인제 맘 놓고 눈감겄다."

최 씨의 눈에 금방 눈물이 번지고 있었다.

"그려, 아주 잘 생각했다. 그래야 효도도 허고 니 일도 잘 풀리제."

정상규도 비로소 웃음을 띠며 동생의 어깨를 두들겼다.

정도규는 어머니의 뜻을 따르기로 했으면서도 마음이 무거웠다. 어머니의 마음은 충분히 이해하지만 큰형이나 작은형은 똑같이 마음에 들지 않았다. 재산을 탐하는 마음은 둘 다 다를 게 없었다.

아버지가 돌아가신 뒤로 2년 넘게 두 형은 재산 다툼을 하고 있었다. 아버지는 재산의 반을 큰형에게, 나머지 반씩을 작은형과 자신에게 분배한다는 유언을 남겼다. 그런데 장례를 치르고 난 큰형은 아버지의 유언을 묵살했다. 재산은 장자 상속인데 아버지가 병환으로 정신이 흐려져 실언을 했다는 것이었다. 그러니 재산을 나눠 줄 수는 없고 매년 수확을 그 비율로 나눠 주겠다는 주장이었다. 아버지는 평소부터 그런 뜻을 가지고 계셨지 실언이 아니라고 어머니가 나섰고, 형제 우애 끊는 짓 하지 말고 당장 재산을 분배하라고 작은형은 대들었다. 그러자 큰형은 어머니는 아버지와 마찬가진데 어머니가 살아 계시는 동안은 재산을 그대로 두는 것이 효도지 서둘러 분배해서 집안이 졸아드는 것은 불효라고 맞받았다.

그런 묘한 주장에 작은형은 더욱 열을 냈다. 그런 데다 작은형은 자기편을 들지 않고 뭘 하느냐고 성화였다. 재산 싸움이 창피스럽기만 한 데다가 자신은 큰형과 나이 차이가 너무나 많아 작은형처럼 대들 수도 없었다. 궁리 끝에 생각해 낸 것이 한성으로 유학을 떠나는 것이었다. 큰형은 그 자리에서 환영했다. 그런데 작은형은 전주의 학교가 뭐가 모자라 한성으로 가느냐며 펄펄 뛰었다. 둘 다 자기 잇속 때문이었다.

　작은형은 결국 주먹다짐 직전까지 가는 싸움을 대판 벌이고는
자기 식구들을 데리고 딴살림을 나가고 말았다. 그건 어머니 힘
으로 막을 도리가 없는 사태였고, 주변 사람들에게는 더없이 좋
은 구경거리였다. 어머니는 아버지를 잃은 상심 탓에 병이 났고,
병세가 심해진 것은 두 형 사이에서 애를 태운 때문이었다.

　"아니, 어째 혼자서 들어오느냐!"

정상규가 느닷없이 고함을 질렀다. 최 씨와 정도규는 소스라치게 놀랐다.

"아무리 수소문허고 찾어도 어디 계신지 몰……."

"닥쳐라, 이 등신 겉은 놈아!"

정상규가 눈을 부릅뜨며 대청 바닥을 박차고 일어났다.

"형님, 참으세요. 강 서방이 무슨 잘못이 있습니까?"

작은형이 강 서방에게 손찌검이라도 할까 봐 정도규는 얼른 일어섰다.

28

길 그리고 길

신세호는 마당에 서서 숨을 깊이 들이마시고는 한동안 멈췄다가 숨을 내쉬고는 했다. 해를 바라보며 하는 그 심호흡은 운동이면서 치료법이었다. 해는 만물의 근원이고 맑은 공기는 생명의 생기였다. 그는 그 우주의 원리로 상한 몸을 치료할 수 있다고 믿고 있었다.

아내는 보약을 지어 먹어야 한다고 애달아했지만, 왜놈들에게 어이없이 당해 얻은 병을 보약으로 치료할 생각은 전혀 없었다. 스스로의 힘과 의지로 이겨 내고 싶었다.

봄을 맞으면서 본격적으로 심호흡 치료를 하기 시작했고 그 방법은 역시 효과가 있었다.

달포 전쯤부터 몸은 다 회복되었지만 가끔씩 어깨가 뜨끔거리고 옆구리가 결리는 증상이 남아 있어 심호흡을 계속하고 있었다.

"아부지, 아침진지 차렸는디요."

큰딸이 텃밭 위에 펼쳐 놓은 두루마기를 걷어 가며 맑은 소리로 알렸다.

"오냐 알았다. 물기가 잘 들었냐?"

신세호는 딸에게 웃음을 보냈다.

"예, 잘 퍼지게 골고루 젖었구만요."

딸이 두루마기를 살펴보며 말했다.

신세호는 입에 물을 머금어 물방울을 풍기지 않고 이슬에 축여 다림질한 옷 입기를 즐겨했다. 그 옷을 입으면 이슬의 투명한 청결감과 함께 그 순백의 고아함이 몸에 스미는 기분이었다.

"어디 출타허시게요?"

신세호의 아내 김 씨가 다리미에 부채질을 하며 물었다.

"송 형 모친 병환이 위중한 모양이오."

"그 어른도 말년 고생이……."

김 씨는 가늘게 한숨을 내쉬었다.

신세호는 끝을 맺지 않은 아내의 말이 무겁게 가슴에 얹히는 걸 느끼며 숟가락을 들었다.

신세호는 햇발이 따가워지기 시작하는 들길을 걸었다. 언제부턴가 들녘에만 나서면 우울했다. 조선 사람은 논을 잃고 일본인 농장만 자꾸 커 가는 것을 떠올리는 탓이었다. 살기가 어려워져 어쩔 수 없이 빚돈을 쓰게 되면 논은 넘어가게 마련이었다. 돈은 분명 조선 사람한테 빌렸는데 논은 일본 사람 앞으로 넘어가는 일이 태반이었다. 돈을 꿔 준 조선 사람들이 일본 사람들의 앞잡이였던 것이다.

신세호는 들녘을 바라볼 때마다 자신 앞에 닥친 일을 생각하지 않을 수 없었다. 여태까지는 양반이고 글공부를 한다는 이유로 몇 마지기 안 되는 논을 머슴을 부려 지어 왔다. 그러나 자칫 빚돈을 쓸 일이 닥치면 논은 영락없이 날아갈 수밖에 없었다. 그런 신세가 되기 전에 방책을 세워야 했다. 그 방책은 손수 농사를 짓는 것이었다.

"앞으로 또 한 번 그따위 금서를 가르쳤다가는 가차 없이 감옥행이야. 그리고 서당도 금지야. 넌 언제나 우리한테 감시받고 있다는 걸 잊지 말라구."

주재소장이 내보내면서 한 말이었다. 서당조차 열지 못하는 처지에서 손수 농사를 짓는 것은 단순히 왜놈들에게 논을 뺏길 위험을 모면하는 것만이 아니었다. 그건 농토를 약탈하려고 드는 왜놈들에게 맞서서 자신이 벌일 수 있는 최소한의 싸움이기도 했다.

송수익의 집에는 썰렁한 냉기가 돌았다. 안채의 기와지붕 한쪽에는 잡풀이 돋아 있었다. 기와지붕에 잡초가 돋는 것은 가세가 기울 징조라는 말이 있었다. 그 잡초를 보는 순간 불길한 생각이 스쳤다.

식모의 전갈을 받은 안 씨가 안방에서 급히 나왔다.

"날이 더운디 어찌……"

댓돌을 내려선 안 씨가 손을 모아 잡으며 머리를 숙였다.

"예, 모친께서 병환이 중하시다기에……. 의원은 뭐라고 하는지요?"

신세호도 마주 인사하고 물었다.

"노환이라고만 허는구만요."

안 씨의 목소리가 더 낮아졌다.

신세호는 눈을 내리감았다. 더는 약으로 고칠 수 없다는 뜻이었다.

"어머님, 저 세호입니다. 좀 어떠시온지요?"

신세호는 이 씨 옆에 무릎 꿇어 앉았다.

"누구……? 이, 자네 왔능가……?"

이 씨의 움푹 팬 눈자위에 파르르 경련이 일어났다.

"잡수시는 건 좀 어떠신지요?"

"먹기는 뭐…… 나야 인제 다 살았네. 내가 염치없이…… 자네 헌티 부탁이 있네. 내가 없어지면…… 우리 손주들 좀 살펴 주소. 애비 없이 커야 허니 그것들이…… 부탁이시."

신세호의 손을 맞잡은 이 씨의 손이 떨렸고, 파인 눈에서는 눈물이 흘렀다.

"그런 말씀 마세요. 마음을 강건히 잡수시고 쾌차하셔야지요."

"내 병 나가 다 아네. 대답허소."

이 씨는 신세호의 손을 더 꼭 쥐었다.

"예, 그건 염려 안 하셔도 됩니다."

신세호는 목숨이 사그라들고 있는 이 씨가 바라는 대답을 하지 않을 수 없었다.

송수익의 아내 안 씨는 문 앞에 서서 옷고름으로 눈물을 훔치고 또 훔쳤다.

"고마우네…… 인제 편히 눈을 감을 수 있겠네."

이 씨의 얼굴이 희미하게 웃고 있었다.

이 씨가 잠들자 신세호는 방을 나왔다. 안 씨가 젖은 눈을 가리듯 하며 약간 비켜섰다.

"아이들은 어디 갔습니까?"

신세호는 댓돌로 내려서며 물었다.

"예, 아이들은 외가에……."

"저, 작정하셔야 될 것 같구만요. 어찌, 마련은 하고 계신지요."

신세호는 초상 준비를 염려하고 있었다.

"예, 얼추 다 끝내 놨구만요."

"제가 힘이 못 돼 드려서…… 바로 통지 주십시오."

신세호는 정중하게 인사하고 무거운 발길을 터덕터덕 옮겼다.

"선생님, 선생니임……."

한 아이가 뒤쪽에서 소리치며 뛰어오고 있었다.

"선생님 안녕허신게라우. 지가 명식인디요. 김명식이."

"오냐, 김명식이! 그래 잘 지내느냐?"

신세호는 아이를 알아보며 반갑게 웃음 지었다.

"선상님, 대근이 아시제라, 방대근이."

"암, 알지."

"근디 대근이가 없어져 부렀구만요."

"없어져?"

"야아, 대근이네 집 말고 또 두 집도 그렇고라."

"세 집이 같이 떴단 말이냐?"

"야아, 그 두 집은 어른들이 의병 나간 집이랑게요."

신세호는 그때서야 무슨 까닭인지 알 것 같았다.

"그래, 동네가 시끄럽지는 않았느냐?"

"주재소서 나와 갖고 조사허고 생판 난리가 났었구만이라우."

신세호는 말없이 고개만 끄덕였다.

그 일로 송수익 모친의 병세가 더 나빠졌는지도 모른다는 생각
이 들었다.

"서당은 언제 또 여는게라?"

"좀 더 두고 보자. 그럼 잘 있거라."

신세호는 명식이의 머리를 쓰다듬었다.

"선생님, 편히 가시씨요."

김명식이는 시무룩하게 인사했다.

신세호는 집에 돌아와서도 방대근이를 생각했다. 그 아이는 나이에 비해 생각이 숙성했고, 남자다운 기질도 강했다. 공부를 하려는 열성만큼이나 의병에 대한 관심도 높았다.

방대근이가 의병으로 나선 다른 두 남자를 따라 집을 뜬 게 분명했다.

신세호는 이런저런 생각에 새벽까지 잠을 설쳤다. 노모와 자식들을 버려두고 만주로 떠난 송수익과, 송수익 모친의 유언과 다름없는 부탁과, 주재소의 명령대로 서당을 다시 열지 못하고 있는 자신과…… 괴롭고 긴 밤이었다.

점심으로 보리밥에 상추쌈을 싸서 먹고 나니 잠을 설쳤던 피곤이 밀려들었다. 텃밭 가 감나무 아래 평상에 누워 잠을 청했다. 그러나 잠은 쉽게 오지 않았다.

"세호, 세호 있는가?"

잠이 들락 말락 하던 신세호는 벌떡 몸을 일으켰다. 사립 앞에는 임병서가 얼굴에 갓그늘을 얹고 서 있었다.

"어서 들게. 자네가 어쩐 일인가?"

신세호는 사립 쪽으로 가 임병서를 맞았다.

"몸은 좀 어떠신가? 안색이 안 좋네."

"덕분에 몸은 좋아졌네."

두 사람은 평상에 자리 잡고 앉았다.

"내가 걸음 한 것은, 절에서 송 형을 만났을 때 병 자 찬 자 형님을 모시고 모색하겠다던 일 있잖은가? 마침내 그 일을 추진하게 됐네. 국권 회복 운동인데 우선 전라도 땅에서 시작하기로 했네. 이름을 독립의군부라 하고, 차츰 전국으로 조직을 확대해 나가기로 했네."

"독립의군부라……. 의군부라면 의병을 다시 모집한다는 뜻인가?"

"의병으로 왜병과 맞서 싸우는 것은 더 이상 효과가 없네. 그래서 이번엔 방법을 달리하자는 것이네. 우리 유생들이 뜻을 모아 상감의 법통을 받들면서 총독부를 상대로 국권 반환 운동을 전개하는 것이지."

"입으로만 말인가?"

신세호는 어이없다는 생각을 했고, 그것을 눈치챈 임병서의 얼굴에 문득 긴장이 스쳤다.

"어디 말로만 하겠는가? 유생들이 도처에서 일어나 시위를 벌이고, 그 힘으로 대표가 나서서 총독에게 국권 반환을 강력하게 요구하고, 상감께서도 이 일에 나서시게 하고, 방법이야 여러 가지로 강구되어 있네."

"난 모르겠네. 그게 무슨 효력이 있을지. 보통학교 선생들이 군복 차림을 하더니만 관리들까지 군복을 입고 나서지 않았나? 그건 선생도 관리도 군대화하고, 조선 사람을 무력으로 통치하겠다는 노골적인 표시 아닌가. 그런 자들을 상대로 그 방법이 통하겠는가?"

신세호는 느리게 고개를 저었다.

"이 사람아, 해 보지도 않고 무슨 심약한 소린가? 당해 내지 못할 무력에 무력으로 맞서니까 일이 꼬이기만 하는 것이네. 허고, 총독부 고급 관리들은 군인들과는 달리 말을 알아들을 거네. 자네도 이번 일에 발 벗고 나서 줘야겠네."

임병서의 끝말은 사뭇 강압적이었다.

"나보고 심약하다는 데는 할 말이 없네. 허나 이번 일은 문약한 유생들이 도모하는 꿈같은 일이 아닌가 싶네. 난 좀 더 생각할 여유를 가졌으면 좋겠네."

신세호의 나직한 말은 냉정했다.

"자네 왜놈들한테 한바탕 당하더니 기가 다 꺾여 버렸군. 그래서야 쓰나? 다시 마음을 추슬러 일어나야지. 이대로 가다간 이 나라는 영영 왜놈들 것이 되고 마네. 힘을 내세."

임병서의 말에 신세호는 가슴 한복판을 찔리는 아픔과 함께 불쾌감이 일어났다.

"자넨 내 말을 잘못 알아듣고 있네. 내가 생각할 여유를 갖겠다는 건 자네들이 도모하는 일이 마땅치 않아서지 왜놈들을 겁내서가 아니란 말일세."

정색을 한 신세호는 임병서의 빗나간 생각에 쐐기를 박았다.

"듣고 보니 내가 말을 잘못했네그려. 그럼 자네는 어떤 방법이 좋다고 생각하나?"

임병서는 뚝심 좋아 보이는 생김대로 신세호를 몰고 있었다.

"자넨 내가 왜 서당을 차렸는지 아나? 송수익처럼 나서지는 못해도 아이들을 깨우쳐 힘을 기르는 것도 왜놈들과 싸우는 한 방법이라고 생각했네. 헌데 왜놈들은 그 방법도 용납하지 않았네. 제놈들이 조선을 지배하는 데 방해되는 일은 어떤 일도 용납하지 않겠다는 뜻이지. 그런 방침을 어디서 세웠겠나? 총독부겠나, 말단 주재소겠나? 자네는 총독부 고급 관리들은 군인들하고는 다를 거라고 했지? 어림없는 소리네. 꿈꾸고 있는 소리야."

신세호는 고개를 설레설레 저었다.

"자네 말도 타당한 데가 없지 않네. 허나 나라를 빼앗긴 처지에 무슨 방법으로든 나라를 되찾을 궁리를 해야 하지 않겠나? 의병으로 맞서 안 됐으니 이제 화평한 방법을 써 보자는 것이네."

"자네도 참 답답허이. 순서가 뒤바뀌었다는 생각은 안 해 봤나? 고사에도 먼저 화평한 방법을 써서 안 되니까 무력으로 일을 해결한 경우는 많아도, 무력으로 맞섰다가 패하고 나서 화평한 방법으로 일을 해결한 경우는 보지 못했네. 국권 반환을 요구하다니…… 삼척동자도 웃을 일이시. 그런 일은 안 하니만 못하네. 왜놈들에게 웃음거리만 될 뿐이야."

신세호는 손으로 왼쪽 옆구리를 눌렀다. 말에 힘을 들이다 보니 옆구리가 찌르르 결렸다.

"자네하고 나는 생각이 너무 머네. 고초를 겪고 나서 생각이 좀 달라진 줄 알았더니만 예전과 마찬가지로군."

임병서는 두루마기 자락을 내치며 불쾌한 기색을 드러냈다.

"자네, 말을 좀 삼가게. 난 의병에 나서지 못했으니 송수익이나 자네에 비해 용기가 없는 것은 분명하네. 그렇다고 더럽고 비열하게 살 생각은 추호도 없네. 헌데 자네는 말끝마다 날 비열한으로 몰고 있네. 자넨 자네 생각만 옳다고 생각하고 내 말뜻을 제대로 알아들으려고 하지를 않네."

신세호도 불쾌한 기색을 감추지 않고 임병서를 정면으로 공격했다.

"내 말이 그리 들렸다면 잘못했네. 헌데, 자넨 그 일에 뜻을 합칠 마음이 영 없는가?"

임병서는 말을 끝내기로 마음먹고 다시 확인했다.

"그렇네, 내가 갈 길이 아니네."

신세호의 대답은 너무 분명했다.

임병서는 놀란 얼굴로 신세호를 멍하니 바라보았다.

"알았네. 그게 자네 갈 길이 아니라면 그럼 자네가 갈 길은 따로 있다는 말인가?"

임병서는 또 신세호의 앞을 가로막고 나섰다.

"당장 죽지 않을 바에야 누구나 이 난국을 살아가자면 길이 있을 게 아닌가? 우국지심으로 송수익이 택한 길이나 자네가 택한 길이 한 가닥씩일 수 있고, 생업을 지키며 살아가는 것도 한 가닥이 될 수가 있을 거네."

차분하게 말을 마친 신세호는 머리 위의 감나무 숲으로 눈길을 돌렸다.

"자네야 손수 생업을 지키는 처지도 아니고, 그저 글줄이나 읽으며 몸 다치지 않고 한평생 살아가겠다는 겐가?"

임병서는 더 참지 못하고 정면으로 들이댔다.

신세호는 엷게 웃으며 눈을 감았다 떴다.

"내가 그리 염치없지는 않네. 금년 농사 끝나면 머슴 내보내고 손수 농사를 지을 작정이네. 허고, 서당을 다시 열지 못하게 돼 있지만 내가 서당에서 하던 일을 무슨 수를 쓰든 이어 가려고 마음먹고 있네. 그 길도 한 가닥이 될 수 있지 않겠나?"

신세호는 임병서를 물끄러미 바라보았다.

"내가 자넬 잘못 찾아왔구먼. 자네 말을 듣고 보니 길은 여러 갈래네만, 어느 길이 옳은지는 더 두고 볼 일이네."

임병서는 하고 싶은 말을 참고 있었다. 신세호는 줄곧 송수익이 옳다는 듯한 인상을 풍겼다. 임병서는 그 느낌이 마땅찮으면서도 그 말은 꺼내지 않았다.

"저어…… 여기가 신 자, 세 자, 호 자 어른 댁이제라?"

한 사내가 사립 밖에서 다급하게 외치고 있었다.

"거 누구냐?"

신세호는 대꾸하면서 불길한 느낌에 부딪쳤다.

"야아, 송 자 수 자 익 자 어른 댁에서 왔는디요……."

"어찌 되셨느냐? 세상을 뜨셨느냐?"

신세호는 몸을 일으키며 물었다.

"야아, 기별드리라고……."

"알았다. 넌 어서 돌아가거라."

신세호는 사내에게 이르며 평상에서 내려서고 있었다.

"아니, 송 형 모친께서 별세하셨다고?"

임병서가 놀라 물었다

"그 어른이 중환이셨네. 자넨 좀 앉아 있게. 나 의관 좀 차려야 겠네."

신세호는 걸음을 서두르며 짚신에 발을 꿰는 임병서에게 손짓했다.

임병서는 평상에 걸터앉아 한숨을 내쉬었다. 나라 잃은 불행이 한 집안을 불행으로 바꾼 것이었다.

"밥때가 다 됐네만 그냥 나서야겠네. 자넨 어쩌겠나?"

사립을 나서며 신세호가 물었다.

"아무 채비가 없으니 내일 문상을 했으면 좋겠네."

"그렇게 하게. 상주들도 오늘은 빈소 차리기에 정신이 없을 테니."

그들은 고샅을 벗어났다. 바로 눈앞에 푸르른 들녘이 펼쳐졌다. 여름 햇볕 아래 들녘은 풍성하게 살이 올라 있었다.

"난 이쪽 길로 가야 하네."

갈림길목에서 신세호가 걸음을 멈추었다.

"그러게, 내일 만나세."

신세호는 고개를 끄덕였고, 두 사람은 마주 보며 스산한 웃음을 흘렸다.

유언에 따라 장례는 삼일장으로 간소하게 치르게 되어 있었고, 장지도 선산으로 정해져 있었다. 문상객들이 밀려들면서 신세호는 술잔을 기울였다. 거나한 술기운에 취해 그는 느릿느릿 먹을 갈았다. 그에게 맡겨진 일은 만장에 글씨를 쓰는 것이었다.

신세호는 시집간 세 딸과 며느리의 구슬픈 곡성을 들으며 만장에 글자를 정성스레 써 나갔다. 만장의 글자에 정성을 바치며 그는 고인의 명복만 비는 것이 아니었다. 벗 송수익에게 소리 없는 말을 보내고 있었다.

'이 사람 수익이, 낯설고 물선 만주 땅 어디메쯤 있는 겐가? 우국충정이 남보다 뜨거워 수천 리 밖 타국으로 떠났으니 자당님 별세하신 슬픈 소식을 무슨 수로 전하겠나? 자네 따라 떠나지 못한 지지리 못난 내가 자당님 빈소를 지키네.'

밤을 꼬박 지샌 신세호는 날이 희붐해질 녘에 국밥 한 그릇을 껄껄한 입 속에 몰아넣고는 헛간 처마 밑에 자리 잡고 잠이 들었다.

누군가가 깨워 일어나 보니 임병서가 서 있었다. 점심나절이 가까운 시각이었다.

"밤을 꼬박 새운 모양이군."

임병서가 엷게 웃었다.

"이런, 한숨만 잘 참이었는데……."

신세호는 멋쩍게 웃으며 일어났다.

점심을 함께 먹은 임병서는 해가 기울 무렵 떠났다.

해 질 녘에 빈소에서 목탁 소리가 들려왔다. 순간 뇌리에 직감적으로 떠오르는 얼굴이 있었다. 신세호는 빈소로 걸음을 옮겼다. 직감은 적중했다. 그 승려는 다름 아닌 공허였다.

빈소 앞에 무릎 꿇어 앉은 공허는 목탁을 치며 반야심경을 독경하고 있었다.

눈을 지그시 내려 감은 신세호는 독경 소리를 귀담아들으며 그 깊은 뜻을 음미하고 있었다.

……색불이공 공불이색 색즉시공 공즉시색(色不異空 空不異色 色卽是空 空卽是色).

사람이 산다는 것과 죽는다는 것은 헛것이 형태를 지어 한때 머무는 것이요, 그 형태가 다시 흩어져 헛것으로 돌아감이니 죽음을 너무 서러워하지 말 일이다……. 이렇게 의미를 새겨나가다가 신세호는 문득 '저 양반이 여기 와도 괜찮은가!' 하는 생각에 부딪혔다.

그러나 공허는 두려움 같은 것은 전혀 느끼지 않는 듯 부동의 자세로 독경하고 있었다.

신세호는 자리로 돌아와 붉은 비단에 글씨를 써 내려갔다. 그가 글씨를 거의 끝냈을 즈음이었다.

"이놈아, 꼼짝 마라. 니가 바로 공허제!"

"바까야로!"

이런 외침이 터지고 있었다.

신세호는 소스라치며 붓을 뗐다. 어둠살이 내리고 있는 마당에 사람들이 웅성거리고, 뒷덜미를 잡힌 공허가 마루 아래로 끌려내려가고 있었다.

총을 든 일본 순사가 옆구리에 찬 쇠고랑을 빼 들었다.

"이보시오, 세상이 아무리 변했어도 중헌티 쇠고랑 채우는 법은 없소. 총까지 들었으면서 중놈이 뭐 무서워 쇠고랑이요, 쇠고랑이?"

공허의 호령이었다.

그 말에 호응해 사람들이 한마디씩 내던지고, 마당이 다시 술렁거렸다. 그러자 순사보가 일본 순사에게 뭐라고 지껄여 댔다. 일본 순사가 고개를 끄덕거렸다.

"쇠고랑은 면혔응게 얼른 가자."

순사보가 공허를 떼밀었다.

"중놈이 바랑허고 목탁은 챙겨야 헐 것 아니겄소?"

공허는 유유하게 목탁을 챙겨 바랑에 넣고는 빈소에 합장까지 하고 돌아섰다.

공허가 잡혀가자 신세호는 허물어지듯 주저앉았다.

넓고 넓은 들녘에 어둠살이 내리고, 초가들은 고요 속에 서로 이마를 맞댄 채 저녁연기를 피워 올리고 있었다. 개 짖는 소리가 가끔 멀리로 들리고는 했다.

공허는 흥얼거리는 가락으로 독경을 하며 걸었다. 그는 저녁연기 피어오르는 마을을 볼 때마다 어린 자기를 부르던 어머니의 목소리가 저 멀리서 아슴푸레하게 들려와 가슴이 저렸고, 토장국 맛있게 끓이던 어머니의 따스함이 사무쳐 눈물겹고는 했다. 먹물옷을 입고도 옛 기억을 떼칠 수가 없었다.

솔가지 나무를 한 짐 해 가지고 돌아왔는데 집이 불타고 있었다. 울며불며 어머니를 찾았지만 아무 데도 없었다. 두 동생도 보이지 않았다. 불이 다 꺼지고 나서야 아버지와 어머니 그리고 두 동생이 집과 함께 타 죽었다는 것을 알았다. 아니, 왜병들의 칼에 찔려죽은 다음 집과 함께 불태워진 것이었다. 마을 사람들은 뼈를 추려 묘를 쓰게 하고는 어서 마을을 떠나라고 했다. 네가 살아 있는 것을 알면 왜놈들이 또 죽일 거라고 했다. 동학군으로 나갔던 아버지가 몸을 다쳐 돌아와 집 뒤 토굴 속에서 숨어 있었던 것을 그는 까맣게 모르고 있었다. 마을을 떠난 그때 여덟 살이었다. 몇 달을 굶주리며 떠돌았다. 이틀을 꼬박 굶고 어느 개울가에서 쓰러졌다. 정신을 차려 보니 옆에 중이 앉아 있었다. 중이 말없이 내민 것은 주먹밥 한 덩이였다. 정신없이 주먹밥을 먹고 나자 중이 말했다. 갈 데가 없으면 함께 가자고.

"어이, 그놈의 염불 좀 그쳐!"

옆에서 걷고 있던 순사보가 내질렀다.

"중헌티 막말허는 것은 부처님께 막말허는 것이나 마찬가지요."

"중이면 다 중이여? 가짜 중놈이 무슨 잔말이 많어?"

순사보가 눈을 치떴다.

"가짜 중이라니, 사람을 잘못 본 것이오."

"니가 송수익이허고 의병으로 나댄 공허가 아니라고!"

"아, 나는 법운이랑게요."

"니 쇠고랑 맛을 봐야 주둥이 닥치겄어?"

"알겄소, 그만둡시다. 어쨌거나 우리 주지 스님이 아시게 될 것
잉게 결국 주재소 주임이 곤란허게 될 것이오."

공허는 여유 만만하게 말하고는 다시 염불을 흥얼거렸다. 그러
면서 옆눈길로 일본 순사를 훔쳐보았다. 일본 순사는 두 손으로
들고 있던 총을 오른쪽 어깨에 메고 있었다. 공허는 온몸에 힘이
팽팽하게 뻗치는 것을 느꼈다.

"이보시오, 나 소피 좀 보면 좋겄소."

공허는 사타구니를 거머잡았다.

"빌어먹을……."

순사보가 일본 순사에게 말을 건넸다. 일본 순사가 총을 겨누
며 고개를 끄덕였다.

공허는 서너 발짝 길가로 옮겨 바지를 까 내렸다.

"어허, 거기서 그대로 내갈길 참이여? 길 아래로 내려가서 앉어
서 눠."

순사보가 뒤에서 소리쳤다.

"똥도 아닌디 앉어서 누는 법이 어딨소?"

공허는 느긋하게 대꾸했다.

"잔말 말고 내려가! 누구 앞이라고 골마리 까고 지랄이여?"

그때서야 공허는 말뜻을 알아들었다. 순사보의 말은, 누가 볼까 봐 그러는 게 아니라 일본 순사 앞에서 불경한 짓을 하지 못하게 하려는 것이었다.

"알겠소, 그럽시다."

공허는 것지르는 말을 한마디 할까 하다가 그냥 넘겼다. 말을 잘 듣는 척해서 안심을 시켜야 했다.

공허는 길을 내려서서 한쪽 무릎을 비탈에 대고 앉았다. 소피가 급한 것은 아니었다. 조금이라도 시간을 끌어야 했다. 주재소에 한 발이라도 가까워지기 전에 어두워져야 했다.

공허는 끙끙 힘을 써 가며 오줌을 누었다. 어둠살은 이제 짙은 회색빛으로 변해 있었다. 먼 들마을의 자취도 흐릿했다.

절밥 얻어먹은 1년 만에 머리를 깎이고도 무시로 스님을 졸라댔다. 사랑방을 배돌며 주워들은 서산대사나 사명대사가 부린 도술을 가르쳐 달라고. 스님은 눈총을 쏘고 뒤꼭지를 쥐어박다 못해 마음을 돌려먹었다.

"니놈은 업보가 커서 중노릇 참허게 허기는 틀렸다. 억센 성미에 살이 낀 눈이 니 팔자를 고단허게 만들 거다. 이놈아, 나서라. 도술은 나도 부릴 줄 모르고, 니 한 몸 지키는 호신술이나 깨쳐 줄 테니."

글공부와 함께 10년 가까이 익힌 것이 호신술이었다.

"어허 시원허다! 죄인헌티 좋은 일 허셨응게 극락 갈 것이오."

길로 올라선 공허가 큰 소리로 말했다.

"극락? 생김대로 비위짱도 좋고 배포도 좋은 중놈이시."

순사보는 픽 웃었다.

그새 들녘의 어둠은 먹물빛이 되고 있었다.

일본 순사는 총을 멘 채 앞만 보고 부지런히 걸었고, 순사보도 걷기에만 정신을 팔고 있었다.

공허는 이를 맞물었다. 그리고 일본 순사의 어깨를 낚아챘다. 다음 순간 픽 소리가 울리며 짧은 비명과 함께 일본 순사가 나가떨어졌다.

"아이고메, 저놈!"

순사보가 외치며 덤벼들었다. 공허의 발길이 순사보를 걷어찼다. 순사보가 푹 고꾸라졌다. 공허는 순사보를 사정없이 짓밟았다. 순사보의 몸이 꿈틀하더니 쭉 뻗었다. 공허는 잽싸게 일본 순사 쪽으로 몸을 돌렸다. 일본 순사는 정신을 잃고 나자빠져 있었다.

공허는 숨을 토해 내며, 두 손바닥을 털었다. 자신이 마음먹고 박치기를 했는데 정신을 잃지 않았다면 그건 사람이 아니라 괴물일 수밖에 없었다.

공허는 순사보의 멱살을 잡아끌어 일본 순사 옆에 한 발 간격으로 나란히 맞추었다. 그런 다음 한 발을 일본 순사 목 위에 올려놓고 다른 발을 순사보 목 위에 올려놓았다.

두 목숨의 숨넘어가는 경련이 두 다리를 타오르고 있었다. 이를 앙다문 그는 불길에 휩싸인 집을 보고 있었다.

'아직 멀었다, 아직 멀었어……'

두 주먹을 불끈 쥔 그는 어둠을 응시한 채 속말을 되씹고 있었다.

29

대지진의 시발

어둠이 짙어지고 있는 마당에 덕석이 서너 장 깔려 있었다. 그 사이 사이에 모깃불이 지펴지고 있었다.

"할아부지, 오늘은 왜 모깃불을 세 개나 피워?"

"오냐, 손님들이 오신다."

박병진은 모깃불에 바람을 통하게 하며 건성으로 대꾸했다.

"손님들? 그럼 잔치혀?"

아이의 목소리가 화들짝 밝아졌다.

"아니여, 잔치 아니여."

"치, 잔치도 아닌디 손님들이 뭐 헐라고 와?"

아이는 금방 시무룩해지며 입을 쑥 내밀었다.

박병진은 천진한 손자의 얼굴을 보자 가슴이 답답해지면서 앞 날이 막막했다.

"박 샌 있능가?"

"저녁 잡수셨는게라우?"

서너 사람이 사립을 들어섰다.

"어이, 어서들 오시게."

박병진은 손자의 등을 가볍게 밀며 대꾸했다.

아이가 사립 밖으로 놀러 나가는데 또 네댓 사람이 마당으로 들어섰다.

"홍수로 흉년 드니 깨구락지만 풍년이라고 왜놈 등쌀에 살기 어려워진게 이놈의 모기가 난리판굿이랑게."

누군가가 부채로 장딴지를 치며 투덜거렸다.

"왜놈 밉다고 모기헌티 화풀이허지 말어. 모기들이 자네 말 알 아들으면 가만 안 있을 것잉게."

말이 오가며 그들이 덕석에 자리 잡는 동안 열 명 남짓한 사람 들이 또 사립을 들어섰다.

"아이고, 어여 오시게라. 다들 일찍 나섰구만이라우?"

박병진이 지금까지보다 더 반갑게 맞이했다. 그들은 옆 동네 내 촌에서 온 사람들이었다.

그들은 세 개의 덕석에 자리를 잡았다.

"총독부에서 토지조사령허고, 시행규칙을 공포했다고 허든디요."

내촌 사람 하나가 말을 꺼냈다.

"그 소식 어디서 들었소?"

박병진이 지체 없이 말을 받았다.

"면사무소 서기가 헌 말잉게 헛소문이 아니구만요."

"그러면 앞으로 토지조사를 더 활발허게 해 나가겠다는 말 아니겠소?"

박병진의 말에 힘이 받치고 있었다.

"그리되면 우리 일이 더 가망 없이 되는 것 아닐랑게라?"

누군가가 걱정스럽게 말했다.

"토지조사령이란 것이 우리로서야 무서울 것 하나 없소. 우리가 농토를 다 뺏긴 것도 그놈의 토지조사에 걸린 것인디, 재수가 없어 남들보다 먼저 뺏긴 것뿐이구만요. 그렁게 우리는 그놈의 속 모를 법에 정신 팔지 말고 우리 논 찾을 방도나 세우는 것이 옳겄는디요. 그동안 생각 많이 혔을 것잉게 좋은 방도를 내놔 봇씨요."

박병진은 말을 마치며 손바닥으로 팔뚝을 쳤다. 모기가 따끔하게 침을 놓았던 것이다.

"생각을 돌아가면서 내놔 봇씨요."

내촌의 대표격인 사람이 좌중을 둘러보았다.

"순허게 해 갖고는 왜놈들이 뺏어 간 논을 도로 토해 낼 것 겉지 않구만이라우. 그러니 우리가 들고일어나 왜놈들헌티 사납고 독허게 대들어야제라."

"딴사람 또 말해 봇씨요."

박병진은 무거운 마음으로 말했다.

"왜놈들이 우리 스물세 사람이 대든다고 논을 내주겠소? 그 악독헌 놈들이 죄를 씌워 잡아들일지도 모를 일이오. 그러니 달리 생각허는 것이 어쩌겠소?"

좀 나이 든 사람의 목소리였다.

"또 딴 생각이 있으면 말해 봇씨요."

박병진이 헛기침을 하며 좌중을 둘러보았다.

"세게 덤비자, 그러지 말자, 이만허면 얘기가 다 나온 것 같구만이라. 그 둘 중에 하나로 정허는 것이 어쩔랑가 모르겠소?"

다른 사람이 내놓은 의견이었고 여기저기서 찬동하는 말이 나왔다.

"두 가지 방도 중에 하나로 허자는 의견인디, 그러는 것이 좋겠소?"

박병진은 모두에게 물었다.

"야아, 좋구만요."

"그리헙시다."

여러 사람의 목소리가 합쳐져 울리고 있었다.

"좋소. 그러면 순서대로 물을 것이니 손을 들어 주면 좋겠소."

박병진은 가결 방법을 정하며 그 두 가지 말고는 다른 뾰족한 수가 없다고 생각했다.

"그러면 먼저 우리가 세게 나서서 농토를 되찾자는 방도요."

박병진의 목소리가 크게 울렸다.

"이판사판이여."

"그려, 앉어서 당헐 수 있간디?"

이런 말들과 함께 손들이 올라갔다. 모두 열일곱이었다.

"세게 나서자는 의견이 열일곱 사람이니 결정이 났소. 인제부터는 모두 나서기는 나서는디 어찌 나설지를 정해야겠소."

박병진은 결정 사항을 알리고 아울러 회의의 방향을 잡았다.

"그것은 박 샌허고 내촌 김 샌이 알아서 허고 우리가 따르는 것이 좋지 않겠는게라우?"

어떤 사람이 큰 소리로 말했다.

"이, 그것이 좋겠구만요."

"그려, 존 생각이시."

모두가 입을 모아 찬성했다.

"그러면 그 일은 나허고 김 샌이 상의허겠소. 어쨌거나 앞일이 순탄치 않을 것잉게 다들 맘 단단히 먹고, 한 덩어리로 뭉쳐야 헐 것이오."

박병진의 어조는 무겁고 강했다. 사람들은 하나같이 숙연하게 앉아 있었다.

박병진은 집채보다 큰 바위와 맞서고 있는 기분이었다. 왜놈들을 상대로 빼앗긴 논을 되찾게 될지 어쩔지는 알 수 없었다.

"주인어른, 저는 사서삼경은 몰라도 왜놈들이 우리 원수인지는 알고, 옳은 일에 나서야 하는지는 아는구만이라."

머슴 지삼출이 의병으로 나서며 한 말이었다.

처자식을 남겨 둔 채 홀홀히 떠나는 지삼출이 그렇게 실해 보일 수 없었다. 그리고 그가 떠난 허전함 속에서 부끄러움은 오래 가시지 않았다. 헌병대의 감시와 시달림 속에서도 지삼출의 처자를 지키려고 애쓴 것은 그 부끄러움을 다소라도 덜고자 했던 것인지 모른다.

느닷없이 농토를 빼앗긴 것을 생각하면 참으로 어처구니가 없었다. 합방이라는 것이 되기도 전인 그해 4월, 갑자기 국유지라는 통고와 함께 소작료를 배정받았다. 대물림해 온 땅이 주인도 모르게 나라 땅으로 둔갑한 날벼락은 혼자만 맞은 것이 아니었다. 피해자는 수두룩했다. 같은 피해자들끼리 모여 뒤늦게 그 연유를 캐려고 나설 수밖에 없었다.

그 연유를 알고 보니 더욱 기가 찼다.

통감부에서는 2년 전부터 벌써 온 나라의 궁장토와 역토·둔토 그리고 목장토까지 조사했다는 것이었다. 그 조사라는 것이 각 지방관청의 문서를 모으는 일일 뿐이었다. 그 문서들을 모아 거기에 기재된 논밭을 무조건 국유지로 묶어 버린 것이었다.

조선 관리들은 궁장토며 역토, 둔토 같은 것이 다 국유지가 아니고 태반이 사유지라는 것을 환히 알면서도 다 왜놈들에게 넘겨주는 짓을 저질렀다.

더 기막힌 것은 그렇게 억지로 뺏은 농토의 7할 이상을 통감부가 동양척식주식회사에 넘겨준 것이었다. 그렇게 해서 동척은 조선에서 제일가는 땅 부자가 되었고 논 주인들은 소작인이 되어 버렸다.

뒤늦게 땅을 되찾고자 들고일어나면서 합방이 되었고, 총독부에서는 사유지라는 것을 밝힐 수 있는 문서를 내면 다시 조사한다고 했다. 그래서 그 문서를 찾아 너나없이 허덕거렸고, 그들은 자연히 한자리에 모여 대표자를 뽑았다. 외리에서는 자신이 뽑혔고, 내촌에서는 김춘배가 뽑혔다.

총독부에서는 사사로운 문서는 인정하지 않았다. 그러니 관청에 있는 문서를 구해 내야 했다. 그런데 합방이 되어 관청은 왜놈들이 좌지우지했고, 말직인 조선 관리들은 왜놈이 다 되어 있었다. 그들을 상대로 가까스로 문서를 구해 토지조사국에 내기까지 반년이 흘렀다.

하지만 시간이 흘러도 아무 소식이 없었다. 토지조사국을 찾아가면 심사 중이니 기다리라고만 했다. 그러면서 가을걷이를 하게 되었고 동척에 소작료를 바쳐야 했다. 영락없는 소작인 신세였다. 나라 뺏긴 서러움이 무엇인지 절절히 느끼지 않을 수 없었다.

그렇게 두 해째 소작료를 냈다. 또 해가 바뀌어도 결과가 나오지 않아 피가 바작바작 마르는데, 엉뚱하게 터져 나온 것이 동척의 소작료 인상이었다. 엎친 데 덮친 격이었다. 너나없이 더 참지 못하고 분을 터뜨렸다. 그 분함이 모여 오늘의 결정을 내린 것이었다.

"면장님 나으리, 전화 왔는디요."

사환 아이가 면장실 문을 빠끔 열고 말했다.

백종두는 수화기를 들었다.

"아부지, 기다리시던 기계가 당도혔구만이라."

"그것 참말로 잘되았다. 그래, 공장으로 옮겼냐?"

백종두는 웃음이 철철 넘치는 얼굴로 좋아서 어쩔 줄 몰랐다.

"인제 옮겨야제라."

"그려, 갯물에 안 빠지게 조심허고, 기계 설치헐 땐 내가 가 봐야겄지야?"

"아이고 참 아부지, 제가 애기요?"

수화기 속에서 아들의 목소리가 불퉁스러워졌다.

"기계를 니가 알어?"

"아부지는 아시오? 기술자가 다 헐 것인디, 기술자가 잘허게 지키는 것도 아부지보다야 헌병인 제가 더 나을 것인디요."

"허면 니가 잘 단속혀서 설치허도록 혀. 나는 며칠 있다가 가 볼 것잉게."

백종두는 흡족한 얼굴로 전화를 끊었다.

마침내 정미소에 기계가 들어오게 되었고, 아들 남일이는 당당하게 주인 노릇을 맡고 나섰다. 사람 구실 못할 줄 알았던 아들은 우격다짐으로 헌병 보조원을 시킨 다음부터 차차 야물어지더니 이제 썩 똑똑해진 것이 더없이 흡족했다.

백종두는 면장이 되고 나서 이래저래 생기는 뭉텅이 돈을 모아 군산에 정미소 차릴 준비를 해 왔다. 일본으로 실려 가는 쌀이 늘면서 정미업이 금 캐는 사업이라는 것은 널리 퍼진 소문이었다. 그러나 돈만 있다고 아무나 군산에 정미소를 차릴 수는 없었다. 돈벌이가 좋은 만큼 권세를 끼지 않고는 일이 되지 않았다.

백종두는 곧 돈이 쏟아질 듯한 황홀감에 빠졌다.

외리와 내촌의 스물세 사람은 햇발이 퍼지는 시각에 외리의 당산나무 아래에 모였다. 그들의 구릿빛 얼굴에는 긴장감이 서려 있었다.

"자— 다들 일어납시다."

내촌 김춘배가 앞으로 나섰다.

사람들은 다들 몸을 일으켰다.

"우리가 몰려가면 주재소나 헌병대가 막을지도 모르오. 그래도 겁먹지 말고 짱짱허니 버텨야 헐 것이오. 우리야 죄진 일 없응게 원허는 것을 당당히 내세우면 된다 그것이오. 다들 맘 강단지게 먹고 토지조사국으로 갑시다."

박병진이 힘주어 다짐했다.

"그려, 얼른 갑시다!"

사람들이 힘찬 소리로 호응했다.

박병진과 김춘배를 선두로 한 그들은 20리 길을 걸어 토지조사국에 다다랐다. 토지조사국은 바로 면사무소였다. 조사원이 면사무소에 자리 잡고 있었던 것이다.

그들은 면사무소 문 앞에서 제지당했다. 총구멍이 그들의 가슴을 겨누었다.

"못 들어가! 뭐 허는 사람들이여?"

보초를 서고 있던 순사보가 눈을 부릅뜨며 소리쳤다.

"우리는 뺏긴 땅을 찾을라고 왔응게, 토지조사국 조사원을 만나야겄소."

박병진이 침착하게 말했다.

"논을 뺏기고 자시고 간에 떼거리로는 못 들어가!"

순사보는 눈을 더 고약하게 떴다.

"그럼 우리 두 사람만 들어가겠소."

김춘배가 박병진 옆으로 한 발짝 나섰다.

"무슨 잔소리가 그리 많아? 못 들어간다닝게."

순사보는 총을 김춘배 가슴에 겨누며 더 크게 소리 질렀다.

"저것은 부모도 없능가? 부모 맞잡이 어른들보고 꼬박꼬박 반말이시."

누군가가 뒤에서 한 말이었다.

"긍게 말이여. 싹 밀어붙이고 들어가제."

다른 목소리가 말을 받았다.

그때 박병진이 몸을 돌렸다. 그의 눈에는 평소와 다른 서늘한 빛이 서려 있었다.

"억지로 들어갈 것 없소. 우리가 안 들어가고 조사원을 불러내면 된게. 내가 먼저 선창허면 다들 따라 허시오."

박병진은 숨을 들이켰다.

"토지조사국 조사원 나와라!"

"토지조사국 조사원 나와라아!"

스물세 사람의 외침이 찌렁하게 울렸다.

느닷없는 외침에 놀란 백종두는 사무실 문을 박차며 소리쳤다.

"저것이 무슨 소리여, 무슨 소리!"

면직원들도 놀라 밖으로 뛰어나가는가 하면 창밖으로 고개를 빼는 사람도 있었다.

"토지조사국 조사원 나와라아!"

세 번째의 외침이 울렸다. 백종두는 밖으로 나가 볼까 하다가 돌아섰다. 대상이 자신이 아니라 조사원이었고, 만약 자신이라고 하면 더욱 나갈 필요가 없었다.

"아니, 날 나오라고 저 야단인데 면장님은 무사태평으로 앉았어도 되는 거요?"

권총을 찬 일본 사람이 다급하게 면장실로 뛰어들며 언성을 높였다.

"다나카 상, 아무 걱정 말고 주재소에 전화를 거시오. 당장 해산시키라고."

백종두는 책상 위의 전화를 턱짓으로 가리켰다.

"안 되겠어. 저 조센징 놈들을 다 잡아 처넣어서 버릇을 단단히 고쳐 줘야지. 저놈들을 세게 안 다뤘다간 딴 놈들까지 다 본받을 거란 말야."

몸집이 왜소하고 얼굴이 강파르게 생긴 다나카는 이빨을 맞갈 듯 말하며 전화기를 당겼다.

면사무소 앞에는 면직원 서너 명과 그들 사이에 옥신각신이 벌어지고 있었다.

"아, 소리 지르지 말어! 참말로 말 안 들을 것이여?"

눈을 부릅뜬 면직원 하나가 주먹을 쥐어 보이며 소리쳤다.

"아, 조사원만 나오면 소리 지르라고 혀도 안 질러."

"그놈이 못 나오는 것 봉게 지놈이 진 죄를 아는구마."

면직원 한마디에 그들이 여기저기서 쏟아 놓은 말이었다.

"당신들 정말 순사들을 불러야 정신 차릴랑갑네."

면직원이 그들을 노려보며 입술을 물었다.

"허, 조선 놈이 왜놈 역성드는 것 봉게 영판 요상허시이?"

"배창시가 꼬일라고 형마."

그때 박병진이 다시 목청을 뽑았다.

"토지조사국 조사원 나와라!"

박병진의 외침이 끝나기도 전에 철퍽 소리가 났다. 면직원이 박병진의 볼을 후려친 것이었다.

"박 샌, 이 피!"

김춘배가 박병진을 붙들었다. 박병진이 코를 감싸며 몸을 옆으로 돌렸다.

"저런 잡새끼 죽여라!"

"저놈 손모가지를 분질러 부러!"

이런 외침과 함께 네댓 명이 면직원에게 달려들었다. 그러자 다른 면직원들이 그들에게 달려들었다.

“안 돼! 참어, 참어!”

코를 감싼 박병진이 다급하게 소리쳤다.

박병진의 외침에도 면직원들과 그들 중 네댓 명이 뒤엉켜 치고 받기 시작했다. 순사보도 면직원 편이 되어 개머리판을 휘둘렀다. 그들 중 나머지 사람들은 합세를 해야 할지 어째야 할지 몰라 우왕좌왕했다.

따앙!

느닷없이 울린 총소리였다. 뒤엉켰던 싸움판이 뚝 멎었다.

“바까야로 조센징!”

권총을 꼬나 잡은 주재소장의 외침이었다.

“손 치켜들어, 손!”

총을 겨누고 있는 일본 순사들은 곧 총질을 해 버릴 것 같은 기세였다. 그들 일행은 서로 눈치를 보며 손을 올렸다. 박병진도 한 손으로 코를 감싼 채 다른 손을 들었다.

주재소장의 지시에 순사보가 소리쳤다.

“셋씩 맞춰서 줄 서, 줄!”

순사보가 거칠게 줄을 세우자 총을 겨누고 있던 일본 순사들이 달려들어 개머리판을 마구 휘둘렀다. 그들은 두 팔을 든 채 총을 겨눈 순사들에게 둘러싸여 주재소로 끌려갔다.

“저놈들은 다 잡아 처넣어 반죽음을 시켜야 한다니까. 면직원

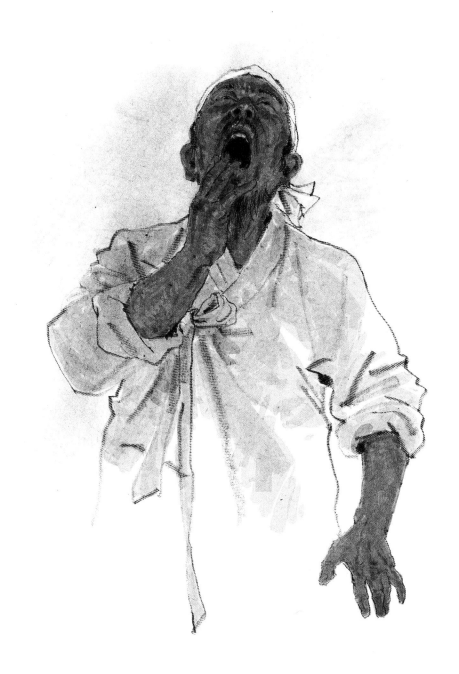

을 폭행하는 저놈들이 의병 폭도들과 다를 게 뭐가 있소?"

뒤늦게 밖으로 나온 다나카는 끌려가는 행렬을 바라보며 옆에 선 백종두에게 말했다.

"저놈들이 환장을 혔구만……."

백종두는 치솟는 성질을 억누르며 조선말로 중얼거렸다.

"면장님, 왜 대답이 없소?"

"저놈들을 잡아넣었다고 끝난 게 아니오. 저놈들을 어떻게 처리할지가 더 중한 문제지."

백종두는 찬바람을 일으키며 돌아섰다.

"어떻게 처리하긴! 딴 놈들이 본받지 못하게 모두 엄벌에 처해야 하오, 엄벌."

열 받은 다나카는 주먹으로 허공을 치며 거세게 내쏘았다.

백종두는 면장실로 걸어가며 이 일을 어떻게 처리할지 머리를 굴렸다. 그들이 면직원에게 덤벼들었으니 관리 구타로 몰면 토지문제를 피할 수 있었다. 그렇다고 토지문제를 다 덮을 수는 없을 것이었다. 막을 길 없는 소문이 꼬리를 이을 것이고…… 일벌백계로 엄단하는 게 좋을지, 겁을 먹어 다시는 나서지 못하게 적당히 처벌할지, 그게 문제였다. 그러나 더 큰 문제는 다나카와 주재소장이었다. 주재소장은 같은 일본 사람이니까 다나카 편을 들수도 있었다. 토지문제는 조사원인 다나카 소관이고, 죄인에 대한 처벌권은 주재소장의 권한이었다. 그들이 한편이 되면 밀릴 수밖에 없었다.

백종두는 머리가 복잡해진 채로 의자에 몸을 부렸다.

"감히 조센징들이 총독부 하는 일에 왈가왈부하며 나를 나오라고 소리를 질러 대고, 관리를 폭행해? 저놈들은 새 법에 따라 모조리 총살을 시켜야 하오."

다나카의 강파른 얼굴에 독기가 서려 있었다.

백종두는 그 말에 놀라지 않았다. 그의 급한 성질로 보아 그런 말을 내뱉을 수 있었다.

"왜 대꾸가 없소? 혹시 같은 조선 사람이라고 적당히 하려는 생각은 아니오?"

다나카는 매운 눈길로 백종두를 쏘아보았다.

"무슨 섭섭한 말이오? 나도 총독부에서 임명받은 면장이오!"

백종두는 벌컥 화를 내며 손바닥으로 책상을 쳤다. 그의 반들거리는 눈에는 다나카를 능가하는 독기가 서려 있었다.

그는 정말 화가 났다. 그는 자리 높은 일본 사람을 대할 때마다 자신이 조선 사람이라는 사실이 켕겼고, 그러다가 조선 사람이기 때문이라는 의심을 받게 되면 걷잡을 수 없이 화가 솟았다.

"됐소. 다른 조센징은 안 믿어도 백 면장님만은 천황 폐하의 충직한 신하인 것을 잘 알고 있소."

다나카는 너털웃음을 웃었다. 상대방을 제압했다는 만족의 표시였다.

"일단 주재소장을 만나 얘기합시다. 점심은 내가 한턱내겠소."

백종두는 웃음 띤 얼굴로 부드럽게 말했다.

"한턱내는 점심이야 좋소."

다나카도 마주 웃었다. 그러나 그건 백종두가 판 허방에 한 발이 빠지고 있는 것이었다.

"아이고, 아이고, 나 죽네!"

"아이고메 엄니!"

주재소에서는 끊임없이 비명이 터져 나왔다. 순사들은 그들을 유치장에 가두고 한 번에 세 사람씩 끌어내 몽둥이질을 하고 있었다.

백종두와 다나카 그리고 주재소장은 걸찍한 점심상을 받았다. 다나카는 상이 들어오기 전부터 주재소장에게 그들을 모두 극형에 처해야 한다고 주장하느라 정신이 없었다.

"……소장님 생각은 어떻습니까?"

긴 말을 끝내며 다나카가 주재소장에게 대답을 요구했다.

"다나카 상 말에 충분히 일리가 있군요. 그런 놈들은 일벌백계할 필요가 있지요. 좌우간 밥부터 먹고, 그 일은 좀 더 신중하게 생각하도록 합시다."

주재소장은 젓가락을 집어 들었다.

백종두는 소리 나지 않게 안도의 숨을 쉬었다. 신중하게 생각하자는 건 다나카의 완강한 주장을 일단 피해 서려는 것이 확실했다.

"생각하고 말고가 뭐 있나요?"

다나카가 몰아붙였다.

"면장님 생각은 어떠시오?"

주재소장이 백종두에게 눈길을 보냈다.

"예, 나도 다나카 상 의견에 일리가 있다고 생각합니다. 허나 주재소에서 사건의 진상을 조사해야 하니까 그동안 좀 더 생각해 보는 것이 좋을 것 같소."

백종두는 아주 은근하게 주재소장의 편을 들었다.

"그 순서가 옳을 거요."

주재소장이 얼른 말을 받았다.

"신중한 것도 좋지만, 소장님이 큰 공을 세울 절호의 기회 같은데요."

다나카는 주재소장의 공명심을 자극하고 들었다. 백종두는 그만 가슴이 뜨끔해졌다. 그건 주재소장의 가장 가려운 데였다.

"밥 먹을 때는 공무에서 벗어나 편한 마음으로 밥을 먹도록 합시다."

백종두는 얼른 다나카를 가로막고 나서며, "저어 내가 재미있는 얘기 하나 하지요. 옛날부터 여기 김제 만경 사또는 아무나 할 수 없었어요. 논이 많으니까 사또한테도 생기는 게 많아 자리가 좋기로 유명했거든요. 그러니까 여기 사또로 오자면 누구나 뒷손을 쓰지 않으면 안 됐지요. 뒷손을 쓰고 여기 사또로 온 것까지는 좋은데, 그 사또들은 거짓말처럼 산골이나 오지로 쫓겨가게 됩니다. 자기네가 뒷손 쓴 돈이 아까워 급하게 본전을 빼려고 백성들을 못살게 굴다 보니 시달리다 못한 백성들이 들고일어나는 거지요. 사실 조선 팔도에서 관리가 편하게 배 불리기야 여기만큼 좋은 데가 없지요. 헌데 사또라는 것들이 조급하게 나대다 보니 민심에 떠밀리는 거지요. 그래 웃고 왔다가 울고 떠나는 땅이라는 말이 생겨났답니다."

　무슨 뜻인지 알아듣겠느냐는 듯 그는 주재소장을 그윽이 바라보았다.

　"허허, 멍청한 것들. 급히 먹는 밥이 체한다는 것도 모르는 종자들이었군."

　주재소장이 의미 깊은 얼굴로 고개를 끄덕였다.

　"언제 다시 의논하지요?"

　방을 나서며 다나카가 물었다.

　"우선 조사부터 하고 나서 의논합시다."

주재소장은 구두를 신으며 건성으로 대꾸했다.

백종두는 그런 주재소장을 지켜보며 만족스러운 웃음을 흘리고 있었다.

백종두가 사무실로 들어서자 직원들이 일제히 몸을 일으켰다.

"아까 그놈들은 다 총살 당허게 생겼다."

백종두가 불쑥 던진 말이었다.

스물세 사람 모두가 총살을 당할 거라는 소문은 해가 지기도 전에 사방으로 퍼져 나갔다.

해거름 무렵, 그 날벼락 같은 소식을 들은 그들의 집안사람 100여 명이 주재소 앞에 몰려들었다.

"이거 어찌 된 일이오? 면장님이 그런 발설을 했소?"

주재소장이 다급하게 백종두에게 전화를 걸어 따졌다.

"무슨 소리요, 점잖잖게. 혹시 다나카 상이 실수했는지도 모르겠소. 어쨌거나 당장 그 일을 해결해야 하지 않겠소?"

백종두는 시치미를 뚝 뗐다.

"봇물이 터졌는데 무슨 수로 막는단 말이오? 그 방정맞은 다나카 그자가……."

"나한테 좋은 생각이 있소."

주재소장과는 반대로 백종두는 더욱 여유 만만해지고 있었다.

"그게 뭐요? 어서 말하시오."

"전화로 할 얘기가 아니오. 곧 주재소로 갈 테니 기다리시오."

"아 고맙소, 고맙소."

백종두는 입이 씰그러지도록 묘한 웃음을 피워 내며 전화를 끊었다.

백종두는 면직원 둘을 거느리고 주재소로 갔다.

"면장님이오, 면장님! 길 트시오, 길."

두 면직원이 소리치며 길을 열자 백종두는 헛기침을 하며 의젓하게 걸어갔다. 100여 명의 사람들은 백종두에게 눈길을 모았다. 백종두는 주재소 문 앞에 이르러 갑자기 돌아섰다.

"오늘 일 저지른 사람들을 모두 총살시킨다는 소문이 있나 본데, 면직원을 팬 죄로 보나, 총독부 법으로 보나 능히 총살시킬 수 있소. 허나 면장인 내가 그냥 두고 볼 수가 없어서 이렇게 주재소장을 만나러 왔소. 내가 벌을 깎아 볼 테니 여러분은 조용히 기다리시오."

백종두는 얼어붙은 듯 서 있는 사람들을 휘 둘러보고는 주재소 안으로 들어갔다.

"방금 뭐라고 하셨소?"

초조한 기색의 주재소장이 의문스러운 눈치로 물었다.

"시끄럽게 말썽 피우면 다 잡아넣겠다고 했소."

백종두는 시큰둥하게 대꾸하며 의자에 털퍽 주저앉았다.

"어서 그 방도를 말해 보시오."

몸 달아하는 주재소장을 보며 백종두는 비식 웃었다.

"좋소, 저놈들을 몽땅 총살시키면 지금 몰려든 사람의 열 배는 더 몰려들어 난리가 날 것이고, 그렇다고 그냥 내보냈다가는 우리를 얕보고 이놈 저놈 패를 짜서 땅을 내놓으라고 또 난리판을 꾸밀 것이오. 그러니 우선 저놈들을 주모자하고 그렇지 않은 놈으로 구분하시오. 그런 다음 주모자는 재판에 넘기고, 나머지 놈들은 태형령에 맞추어 몽둥이질을 50대씩 해서 내보내는 것이오. 주모자를 재판에 넘기면 그놈들이 사형을 당하건 무기징역을 살건 소장님이야 인심 잃을 것 없고, 다른 놈들도 땅을 찾으러 다시 몰려오지 않는다 그 말이오. 게다가 나머지 놈들을 태형으로 다뤄 내보내면 소장님이 관대하다는 평판을 듣게 될 것이오. 태형 50대가 너무 가볍다고 생각하진 마시오. 원래 태형이란 몽둥이질을 어떻게 하느냐에 달렸소. 열 대라도 맘먹고 치면 시늉만 한 100대보다 무서운 것 아니오? 50대라도 그놈들이 다시는 몰려들 생각이 안 들게 맵고 차지게 치란 말이오. 주모자들은 재판에서 중형을 받고, 태형을 맞은 놈들은 죽을 고비 넘겼다고 겁을 먹고, 그 소문이 쫘악 퍼지면 다른 동네 놈들이 몰려들지 않을 것이오. 어떻소, 내 생각이!"

입심 좋게 말을 마친 백종두는 몸을 뒤로 젖혔다.

"아, 그것 참 묘안이오. 역시 면장님은 생각이 잘 돌아간다니까요."

주재소장은 무릎까지 치며 백종두에게 휘말려 들었다.

"됐소. 그러면 어서 밖에 나가 알리고 저 사람들을 해산시킵시다."

백종두는 주재소장을 앞세워 밖으로 나왔다. 사람들의 불안한 수군거림이 뚝 끊어졌다.

"잘 들으시오. 주재소장은 모두 총살을 시킨다고 고집인디, 내가 여러 말로 일러서 주모자는 재판을 받게 허고 다른 사람들은 태형 50대로 풀려나게 했소. 주모자 아닌 사람들은 낼 이맘때 다 풀려날 것잉게 당신들은 낼 이맘때 와서 사람들을 데리고 가면 될 것이오. 대신 한 사람이라도 여기 남아 있으면 벌이 총살로 뒤집어질 것이오. 자, 다들 가시오!"

백종두는 새 떼라도 쫓듯 두 팔을 휘저었다. 사람들은 주춤주춤 물러서기 시작했다.

주재소장은 자기가 한 말에 어떤 말이 덧붙여졌는지도 모른 채 그저 백종두와 물러가고 있는 사람들을 번갈아 보며 흡족하게 웃고 있었다.

주모자로 박병진과 김춘배는 쉽게 가려졌다. 다른 사람들은 아침 밥때가 지나면서 주재소 뒷마당으로 하나씩 끌려간 뒤에 형틀에 묶여 몽둥이질을 당했다.

주재소 뒷마당에는 하루 종일 자지러지는 비명 소리가 울려 퍼졌다.

땅거미가 깔리면서 그들 21명은 가족들에게 넘겨졌다. 그런데 제대로 몸을 일으키는 사람은 그들 중에 단 하나도 없었다.

30

세월의 잔가지

"후여어— 훗! 후여어—."

농사꾼 하나가 쿠렁쿠렁한 소리를 드높이며 돌팔매질을 하고 있었다.

돌이 떨어진 자리에서는 수십 마리의 참새가 파다닥거리며 방정맞게 날아올랐다.

"저, 저 새 새끼들! 팍 그냥 불을 싸질렀으면 시원허겄네."

소리치던 농군이 멀찍이 다시 내려앉는 새 떼를 노려보며 성질을 터뜨렸다.

"금년에 이렇게 애 안 먹으려면 작년 삼동에 부지런히 저놈들을 잡아 구워 먹었어야제."

다른 농군이 진흙 묻은 발로 논둑을 걸어오며 지친 듯한 웃음을 흘렸다.

"저 잡것들을 제아무리 잡아먹은들 무슨 소용이 있당가? 저 콩알만 헌 것들이 알을 까도 한 배에 네댓 개씩 까니 그것을 무슨 수로 당허겄어?"

새를 쫓던 농군이 논두렁에 주저앉았다. 발에 진흙이 묻은 농군도 따라 앉으며 먼 데로 눈길을 보냈다. 그들 뒤쪽에서 한 남자가 휘적휘적 빠르게 걸어왔다.

"맞구만, 두 양반이!"

그 남자가 논길을 꺾어 돌며 반색했다.

"스님, 뜬금없이 무슨 일이랑게라?"

두 사람은 의아한 얼굴로 공허를 훑어보았다.

공허의 변한 모습은 그들이 놀랄 만했다. 맨들맨들하던 머리는 간 곳이 없고, 먹물옷은 어디다 벗어 던졌는지 헐어 빠진 삼베옷 차림은 영락없는 농군이었다. 몇 달 전의 공허는 찾을 길이 없었다.

"허허…… 내가 사람을 둘 죽여 임시변통으로 이러고 댕기요."

공허가 불쑥 내놓은 말이었다.

양승일과 김판술은 또 놀라며 공허를 멍하니 바라보았다.

"놀랄 것 없소. 왜놈들이 날 잡을라고 눈이 시뻘건게 이러고 다니면 지놈들도 도로아미타불이요. 근디, 두성이 총각은 어디 갔소?"

공허의 물음에 두 사람의 얼굴이 금방 어두워졌다.

"주재소에서 잡으러 와 내뺐구만이라."

양승일이 공허의 눈치를 살피며 대답했다.

"무슨 일로? 어디로 갔소?"

얼굴이 굳은 공허가 연달아 물었다.

"무슨 일인지는 모르겄고, 화전 허는 천수동이네로 간다고 혔구만요."

"이런 일이 있능가? 제대로 찾어갔는지나 모를 일이시."

공허는 혼잣말을 하며 혀를 찼다.

"우리가 가 볼라고 혀도 농사일에 발이 묶이고, 그저 스님 오시기만 기다렸구만이라."

김판술이 어물어물 말했다.

"안 가기를 잘혔소. 괜히 주재소에 의심 살지 모르니."

공허는 고개를 내젓고는, "나 인제 가 봐야 되겠소."라며 가뿐하게 몸을 일으켰다.

"이리 서운허니…… 어디로 가실라고……?"

김판술이 서둘러 일어났다.

"두성이 총각을 찾어야겠소. 고생들 되더라도 꾹 참어야 허요 이."

공허는 두 사람을 뜨거운 눈길로 바라보았다. 언제나 변함 없는 다짐이었다.

"스님 덕에 우리야 무슨 고상이간디요? 딴 작인들에 비허먼 호강이제라."

양승일이 두 손을 모아 잡으며 말했다.

그들에게 금산사의 논을 소작 부치게 한 것이 공허였다. 절 소작은 그래도 인심이 나은 편이라 소작인들은 논으로 치면 상답을 부치는 것이나 마찬가지로 여겼다.

이튿날 점심나절이 가까워 공허는 천수동이네 화전골에 당도했다. 배두성이는 천수동이 강기주와 함께 밭일을 하고 있었다.

"하이고, 스님 꼴이 요것이 뭣이당게라? 절에서 내쫓겨 스님도 화전 농사 지을라고 오셨소?"

두꺼운 입술로 이렇게 쏟아 놓으며 배두성이는 공허가 반가워 어쩔 줄 몰랐다.

"참 속 편해 좋소. 배 총각이 걱정돼 일부러 온 것이오."

공허는 퉁명스럽게 쏘아 대면서도 배두성의 어깨를 잡아 흔들었다. 무사한 것이 그리 반가울 수 없었다.

"……일이 더럽게 꼬인 것이구만이라. 장날 연장을 벼리러 대장간에 가니 농꾼들이 북덱이는디, 땅 뺏기게 된 얘기가 오가드만이라. 근디, 사람들 허는 말이 다 한숨이고 낙담뿐이드랑게요. 그 꼴을 그냥 보고 있자니 하도 갑갑해서 내가 한마디 혔구만이라. 땅을 뺏겼으면 찾으러 나서야제 한탄만 허고 앉았으면 무슨 소용

있냐, 왜놈들은 말로 될 놈들이 아니니 땅 뺏긴 사람들이 찰떡처럼 뭉쳐 나서야 헌다, 안 그러면 땅 영영 못 찾는다, 뭐 그랬구만이라. 그 말 헌 것뿐인디 다음 날 주재소에서 잡으러 나왔구만이라. 이리 내빼면서 되작되작 생각혀 봉게 그 대장장이 놈이 주재소 앞잡이였구만요. 내가 어디 사는지 아는 것이야 그 대장장이 놈뿐인게라."

이야기를 하다 보니 그때의 분한 감정이 되살아나는지 배두성은 코를 씩씩 불어 댔다.

"말이야 맞는 말인디, 잡혀가고도 남을 말이오."

공허가 배두성이를 주시하며 한 말이었다.

"거 보소, 내 말이 틀린가? 산골 동네서 의병 모으듯이 말을 혔으니 그것이 될 법이나 허냔 말이시."

강기주가 사납게 통을 놓았다.

"누가 그놈이 앞잡인지 알았드라요?"

"어허! 자네 대장님 앞에서까지 그리 말허겄어?"

강기주가 벌컥 화를 냈다.

"되았소, 되았소. 우리가 해산허기 전에 입조심 사람 조심허라고 당부헌 말이 다 왜놈들 세상이 무서워 그런 것 아니겄소? 좌우간 무사하니 천행이오. 다시는 그런 실수 안 허면 되겄소."

공허는 밝게 웃으며 배두성의 두툼한 어깨를 어루만졌다.

"야아, 제 잘못이구만이라우."

배두성이는 고개를 웅크려 박으며 뒷머리를 긁적였다.

"대장님, 오신 김에 중신 좀 서야 되겠구만요. 이 사람이……."

"어허, 대장님이 어째서 저리 달라지셨는지 듣는 것이 먼저 아니라고?"

성질 칼칼한 강기주가 천수동의 말허리를 잘랐다. 그들은 공허를 여전히 '대장님'으로 부르고 있었다.

"아니오, 내 얘기는 차차 허고, 그 얘기부터 들읍시다."

공허는 배두성이가 장가드는 문제를 그저 농담으로 넘겨서는 안 된다고 생각했다.

"저 사람이 저 너머 손 씨 딸을 각시 삼고 싶어 밤잠도 못 자고 끙끙 앓는단게라."

강기주가 한달음에 말을 해치웠다.

"아, 그 필녀라는 색시 말이오? 인물 이쁘장허고, 몸도 실허고, 각싯감 잘 골랐는디?"

공허가 빙그레 웃었다.

"잘 고른다고 다 각시 되간디라? 필녀야 코똥도 안 뀌는디요."

강기주의 서슴없는 말이었다.

"필녀가……?"

공허는 말을 끊었다. 배두성의 체면을 생각해서 필녀가 왜 그

122

러는지 물을 수는 없었다.

"저 사람도 마음만 있지 혼인허자는 말은 꺼내지도 못헌 처지고, 또 큰일을 앞에 두고 숨어 사는 형편에 장가를 드는 것이 옳은 일인지도 모르겄고 혀서 대장님 오시기만 기다린 것이제라."

천수동이 차분하게 말했다.

"대사에 뜻을 뒀다고 총각이 장가 못 드는 법은 없소. 혼인도 허고 나라 걱정도 허는 것이 더 좋은 일이요. 허고, 왜놈들이 조선 사람을 마구잡이로 죽이는 세상에서 그놈들허고 끝까지 싸우자면 혼인혀서 아그들 낳고 잘 키우는 것도 큰일 중의 하나요. 사람이 없고서야 무슨 수로 나라를 되찾겄소? 내가 중신을 서겄소."

공허는 흔쾌하게 말했다.

공허는 밥을 먹고 나서 손 씨를 만나러 산등성이를 넘었다.

서로 안부 인사를 나누고 공허는 바로 용건을 꺼냈다.

"손 샌, 딸 시집 안 보내실라요?"

"필녀 말씀인게라? 짝이 없구만요."

"배두성이라고, 아실지도 모르겄는디, 저 너머 골짝 천 샌네 와 있소."

"이, 알제라. 며칠 전에 퇴깽이 한 마리를 잡아 왔드만이라."

손 씨는 느리게 고개를 끄덕거렸다. 토끼 한 마리를 잡아 여기를 찾아온 배두성이의 마음을 헤아리며 공허는 빙긋이 웃음 지었다.

"내가 겪어 봐서 아는디 그 총각 몸도 실허고, 심지도 깊고, 나무랄 데가 없구만요. 생각이 어떠시오?"

"스님이 그리 말씀허시면 더 볼 것 있간디요? 필녀헌티만 물어보면 되겠구만이라."

쉽게 이야기가 풀렸다.

"뭣이라고라, 배 총각? 그 사람헌티 시집가느니 평생 혼자 살겄소."

필녀는 소스라치며 펄쩍 뛰었다.

"저, 저, 가시네가 부끄럼도 모르고. 스님 앞에서 무슨 버르장머리여!"

미안쩍은 마음에 손 씨는 딸에게 호통을 쳤다.

"그래, 색시는 배 총각이 어째서 그리 싫소?"

공허는 정겨운 소리로 물었다.

"저어…… 스님은 그 인물이 인물로 뵈시는게라? 그 두꺼운 입술에 툭 불거진 광대뼈에 못나도 어찌 그리 징허게 못날 수가 있당게라?"

필녀는 아버지의 눈치를 힐끔힐끔 살피며 말했다.

"요것이 못허는 소리가 없네. 니는 잘난 것이 뭐가 있냐? 남자 인물 그만허면 됐제."

손 씨가 무지르고 들었다.

"음마, 아부지는 눈도 요상허시오. 송 대장님 인물에 비허면 그

것이 어디 사람 얼굴이간디라?"

아버지의 기세에 맞선 필녀의 다부진 말이었다.

"참말로 못허는 소리가 없네. 니 어디라고 그 양반을……."

딸의 말에 난처해진 손 씨는 공허를 살피다가 딸을 노려보다가 하며 어쩔 줄 몰랐다.

공허도 속으로는 놀랐다. 처녀가 송수익을 좋아하는 것인지, 아니면 그만한 생김을 원하는 것인지 알 수 없었다.

"말이야 색시 말이 맞소. 허나, 송 대장님 겉은 인물이 어디 그리 쉽소?"

공허는 넌지시 말을 돌렸다.

"이것아, 니가 송 대장님을 의병장으로 받드는 줄 알었등마 인제 봉게 흑심을 품고 있었구나. 그런 흉헌 맘을 낯 뜨거운 줄 모르고 스님 앞에 꺼내 놔! 니 겉은 것은 당장에……."

손 씨는 곧 딸을 후려칠 기세로 주먹을 치켜들었다.

"아닌디요, 아닌디요. 그런 흉헌 맘 먹은 일 없어라. 그냥 보면 좋고, 못 보면 보고 싶고 그런 것이제 시집가고 싶단 생각은 꿈에도 한 적 없어라. 참말이랑게요, 참말."

필녀가 다급하게 쏟아 놓은 말이었다.

"손 샌, 딸 말이 맞소. 송 대장님을 좋아허는 것이야 얼마나 좋은 일이오. 손 샌이 좀 지나치게 생각헌 것 겉으요."

공허는 산골 처녀 필녀의 마음을 헤아리며 손 씨를 말렸다. 그때 공허의 뇌리를 빠르게 스쳐 가는 얼굴이 있었다. 송수익을 만나게 해 준 청상과부였다. 그 청상과 필녀가 송수익을 좋아하는 것이 전혀 다르다는 생각이 확실해졌다.

"색시, 색시가 송 대장님을 좋아허는 깨끗한 맘을 나는 다 아요. 송 대장님도 색시의 그런 맘을 알면 좋아허실 것이오. 근디, 색시는 지금도 송 대장님을 좋아허요?"

공허는 아주 다정스럽게 말했다.

"야아……."

필녀는 아버지의 눈치를 힐끗 보고는 빠르게 고개를 끄덕였다. 손 씨는 곰방대의 담배를 빨며 방문 쪽만 바라보고 있었다.

"송 대장님은 저 먼 만주 땅에 계시는디, 거기까지 가 볼 맘이 있소?"

공허의 말에 놀란 손 씨가 고개를 후딱 돌렸다.

"야아, 어디 계신지 알면 가제라."

고개를 약간 숙인 필녀는 아버지의 눈초리도 모른 채 가느다란 소리로 대답했다.

"그러면 잘 되았소. 배 총각허고 혼인허면 거기 갈 수 있소. 송 대장님이 배 총각을 기다리고 계신게."

공허는 마지막 승부수를 던졌다.

"음마, 송 대장님이 그 사람을 기다려라? 그 사람이 그리 중허당가요?"

고개를 반짝 드는 필녀의 목소리가 커졌다.

"그러요. 배 총각이 워낙 심지가 굳고 맘이 좋은 데다가 용맹해서 송 대장님이 귀허게 생각허셨소. 나도 배 총각을 믿고 아끼고 있소."

공허는 중매쟁이 노릇을 하느라고 자기도 모르게 배두성이를 그저 좋게만 말하고 있었다. 고집이 세다거나 술버릇이 좀 고약하다거나 하는 것은 떠오르지도 않았다.

"그럼 거기 언제 가는디요?"

필녀가 눈을 빛내며 물었다.

"언제라고 딱 못 박을 수는 없어도 그리 오래 안 걸릴 것이오. ……혼인을 허겠소?"

공허는 조심스럽게 그러나 고삐를 잡아채는 기분으로 물었다.

"야아……."

필녀는 고개를 수그리며 가느다랗게 대답했다.

"허 참, 알다가도 모를 일이시."

손 씨가 나무 재떨이에 곰방대를 두드리며 혀를 끌끌 찼다.

"잘 생각혔소. 배 총각이 잘 위해 줄 것이오."

공허는 가슴에 팽팽하게 차 있던 긴장이 풀리는 걸 느끼며 홀가분한 기분으로 말했다.

닷새 뒤로 혼인 날짜를 잡았다. 공허는 예식에 따라 혼례식을
진행시킨 다음 목탁 없는 독경으로 두 사람의 백년가약을 축원
했다.

31

뭉쳐야 산다

"저 뙤놈들 다 때려죽여!"

"싹 다 뻘밭에 처박아부러!"

50명이 넘는 노동자들이 한 덩어리가 되어 여기저기서 외치고 있었다. 그들은 제각기 연장이며 몽둥이 같은 것을 들고 있었다. 그 맞은편에도 그들과 엇비슷한 수의 노동자들이 한 덩어리를 이루어 맞서 있었다.

"다들 맘 강단지게 먹었제? 자, 인제 몰아치는 것이여! 다들 가세!"

한 남자가 소리 높이 외치며 팔을 뻗어 올렸다. 지삼출이었다.

"와아—."

50여 명의 노동자들이 한꺼번에 소리치며 무서운 기세로 내달

왔다. 그들의 돌진에 맞서 맞은편 노동자들도 무슨 소리를 외치며 방어 태세를 취했다.

양쪽 노동자들은 삽시간에 뒤엉켜 몽둥이를 휘두르고 연장을 내려치는 패싸움을 벌였다.

사방에서 사람들이 금방 모여들었다. 그 길은 군산에서도 가장 북적거리는 거리였다.

몰려드는 행인들을 뒤따라 헌병과 경찰들이 모습을 나타냈다. 그런데 그들은 싸움을 막으려고 들지 않고 몰려든 사람들과 함께 싸움 구경을 하고 있었다.

수십 명이 넘어지고 엎어지고 널브러져 있는 싸움판에서 한쪽 패가 바다 쪽으로 밀리고 있었다. 그때서야 운집한 사람들 속에서 외침이 터지기 시작했다.

"자알 헌다, 더 세게 몰아쳐라!"

"뙤놈들 싹 갯바닥에 처박어라!"

한번 외침이 터지자 여기저기서 다른 외침들이 터졌다.

"뙤놈이고 왜놈이고 다 몰아내라!"

이런 외침도 섞이고 있었다.

"이거 구경꾼들이 합세하면 곤란하지?"

헌병 하나가 눈을 빛내며 주위의 동료들을 둘러보았다.

"맞어, 엉뚱한 일 생기기 전에 해산시켜야 해."

타앙!

총성과 함께 사람들의 외침과 웅성거림이 뚝 멈추었다. 헌병과 경찰들이 긴 칼을 뽑아 들고 총을 겨누며 사람들을 가르고 싸움판으로 뛰어들었다.

중국 사람이고 조선 사람이고 할 것 없이 그들은 혼비백산 도망치기 시작했다. 헌병과 경찰들은 그들을 뒤쫓지 않고 모여든 사람들 쪽으로 돌아섰다.

사람들은 눈치 빠르게 흩어지기 시작했다.

왼쪽 얼굴이 피범벅 된 방대근이는 손으로 머리를 누른 채 골목길을 비척이며 걷고 있었다. 머리만 깨진 게 아니었다. 걸을 때마다 오른쪽 옆구리가 결려 숨 쉬기가 어려웠다.

방대근이는 째보선창 쪽으로 발길을 돌렸다. 거기 버들술집에 가면 사람들이 모여 있을 것이었다.

방대근이는 이런 몰골로 지삼출과 서무룡을 대하기가 창피스러웠다. 기운 좋고 몸 빠른 지삼출이나 싸움에는 이골이 난 서무룡이가 자신처럼 다쳤을 것 같지 않았다.

째보선창이 가까워지고 있었다. 째보선창은 땅이 양쪽으로 찢어지듯 갈라지듯 바다와 맞닿아 있어 배 대기가 아주 좋았다. 그래서 옛날부터 선창이 되었고, 날마다 작은 배들이 바글거렸다. 배들이 많이 모여드니까 자연히 객줏집이 많아지고, 일거리를 찾아든 막일꾼들이 언제나 북적거렸다.

"대근아, 니 인제 오냐?"

방대근은 걸음을 뚝 멈추었다. 다가오는 서무룡이는 생각대로 다친 데가 없었다.

"아이고메 이 피 좀 보소. 어디 많이 상했다냐?"

서무룡이가 얼굴을 일그러뜨리며 방대근의 팔을 붙들었다.

"아니, 암시랑 안 혀."

방대근은 서무룡의 눈길을 따갑게 느끼며 고개를 저었다.

"암시랑 않기는? 피가 흐른 것 봉게로 머리가 많이 터졌는갑다. 또 다친 데 없냐?"

서무룡이 방대근의 몸을 살피며 물었다.

"없어."

방대근은 잘라 말하고는 옆구리 다친 것을 들키지 않으려고 몸을 빳빳이 세우고 걸었다.

"딴 사람들은 괜찮냐?"

"아니, 열서너 사람이 다치고, 너덧 사람이 안 뵌다. 그중에 니 허고 판석이 성님도 든 것이여. 애가 탄 삼출이 성님이 찾으러 나섰다."

"판석이 성님이?"

방대근은 지삼출만큼이나 기운이 세고 몸도 재빠른 손판석이 돌아오지 못할 만큼 다쳤다는 것이 믿어지지 않았다.

"쌈이야 한 대 맞고 두 대 쳐서 이기는 것이고, 정신없는 패쌈에서 다치고 안 다치고야 순전히 재수놀음이제."

서무룡은 방대근을 위로하듯 말했다. 방대근은 그 말이 고마우면서도 아무 대꾸도 할 수가 없었다.

버들집에서 방대근은 얼굴에 엉겨 붙은 피를 닦아 내고 머리 상처에 된장을 붙여 싸맸다.

"매운 맛을 봤응게 뙤놈들이 다시는 우리 일거리에 덤비지 못허겄제?"

"하면, 그리 맵고 짠 맛 봤응게."

"근디 아닐지도 몰르네. 뙤놈들이 원체 질기고 끈끈헝게로."

"그 말도 맞구만. 끝까지 몰아쳐서 참말로 뻘밭에 처박았어야 허는디. 왜놈들이 끼어들어 다 된 밥에 재 뿌리고 나섰으니, 나참……."

방대근은 벽에 등을 기대고 앉아 술청을 꽉 채운 사람들의 말을 듣고만 있었다. 생각해 보면 땅이 끝없이 넓다는 중국 사람들이 어쩌자고 자꾸 건너오는 것인지 이해할 수 없었다.

"저기, 손 샌이 업혀 오는구마."

"뭣이여? 그리 많이 상했능가?"

방대근은 벌떡 일어났다. 그러나 머리가 핑 돌면서 옆구리가 찢어지는 것처럼 아파 신음을 물며 도로 그 자리에 주저앉았다.

"니 옆구리도 다쳤지야!"

"아녀, 아니여."

방대근은 고개를 저으며 억지로 웃어 보였다.

"거짓말 말어. 근디 어째서 옆구리를 싸잡고 주저앉냐? 머리 터진 것보다 옆구리 다친 것이 더 고약헐지도 몰라. 숨기지 말고 몸 보해야 혀."

서무룡은 방대근의 어깨를 잡으며 힘지게 말했다.

"알겠어……."

방대근은 대답을 하면서 창피스러움 대신 뜨거운 정을 느꼈다. 서무룡의 가늘게 찢어져 올라간 눈에는 언제나 불량기와 독기가 서려 있었다. 그리고 홀쭉하게 큰 키에 짱짱하게 생긴 몸으로 인정사정없이 발길질 주먹질을 할 때에는 마치 포악한 짐승 같기만 했다. 그러면서도 그는 가까운 사람에게는 더없이 따뜻한 정을 가지고 있었다.

"다들 자리 내소, 자리!"

누군가 다급하게 외치며 술청으로 들어섰다. 뒤이어 지삼출이 손판석이 업고 들어왔다.

"다리가 분질러졌소."

손판석을 내려놓은 지삼출이 숨을 거칠게 몰아쉬었다.

"요것부터 드시제라."

어느새 서무룡이 막걸리가 든 바가지를 지삼출에게 내밀었다. 서무룡이는 언젠가 지삼출에게 겁 없이 덤볐다가 떡판의 찹쌀 신세로 혼쭐이 난 뒤로 지삼출을 극진히 위했다.

"이, 고맙네."

지삼출은 서무룡을 힐끗 올려다보며 바가지를 받아 술을 마시기 시작했다.

"대근이는 어찌 되았어?"

바가지를 입에서 떼며 지삼출이 물었다.

"머리에 옆구리를 다치기는 혔어도 제 발로 걸어왔응게 별일 아니구만이라."

빈 바가지를 뒤집어 든 서무룡이의 대답이었다.

지삼출은 가슴이 미어졌다. 누구보다 믿던 손판석이 큰 부상을 당할 줄은 전혀 생각지 못했다. 낭패감과 함께 일을 괜히 벌였다는 후회가 치밀어 올랐다.

그러나 중국 노동자들과 한판 맞서기로 한 것도 신중하게 결정한 일이었다.

군산 부두에서 일거리를 놓고 중국 노동자들과 조선 노동자들 사이에 크고 작은 다툼이 생긴 것은 하루 이틀의 일이 아니었다. 지삼출네만 하더라도 그들과 벌써 오래전부터 대립해 왔던 것이다. 군산역에서 해변까지 철로를 연장하는 공사는 지삼출네가 도맡고 있었다. 그 공사는 총독부가 뒤로 물러나고 군산의 일본 농장들과 일본 미곡 거상들이 자기들 잇속에 따라 추진하는 공사였다. 따라서 다른 철도 공사처럼 인부를 강제로 동원할 수가 없었다. 공사는 빨리 추진해야지, 인부는 강제 동원이 안 되지, 자연히 노임이 좋아질 수밖에 없었다.

그런데 갑자기 중국 노동자들이 조선 노동자들보다 노임을 싸게 받겠다며 일거리를 낚아채려 했다. 지삼출네는 노임을 낮추는 것으로 중국 노동자들과 맞서지 않았다. 이쪽에서 노임을 낮추면 저쪽에서는 더 낮출지도 몰랐고, 그렇게 되면 왜놈들 좋은 일만 시키면서 결국 일거리를 뺏기게 될지 몰랐다.

중국 노동자들이 힘을 뭉쳐 덤비는 이상 이쪽에서는 더 강하게 뭉쳐야 했다. 그건 피할 수 없는 한판 대결이었다. 중국 노동자들을 물리쳐야 하는 것은 꼭 밥벌이 때문만은 아니었다. 그들에게 밀린다는 것은 조선 사람으로서 체면이 말이 아니었고, 또한 그들을 은근히 필요로 하고 있는 왜놈들의 잔꾀에 앙갚음도 해야 했던 것이다.

"잘 모르겠소. 뼉다구가 분질러진 것잉게 저절로 붙어야 허는디, 잘 붙을지 어쩔지 원."

치료를 하고 난 의원이 중얼거리듯 한 말이었다.

그 소리에 지삼출은 그만 암담해지고 말았다. 부러진 뼈야 날이 가면 붙게 마련이지만 만약 잘못 붙어 절름발이가 되면 어쩔 것인가?

지삼출은 손판석의 집에 당도해서 차마 얼굴을 들지 못했다. 손판석의 아내 부안댁을 볼 면목이 없었다. 서무룡이가 빠른 말로 오늘 일어난 일을 설명했고, 지삼출은 고개를 떨군 채 그저 곰방대만 빨고 앉아 있었다. 손판석은 찡그린 얼굴로 누워 눈을 감고 있었고, 부안댁은 이야기를 들으며 눈물을 훔치고 있었다.

지삼출이 얼굴을 못 들기는 바로 옆 감골댁 집에 가서도 마찬가지였다. 방대근은 움막 같은 집에 들어서자마자 피그르 쓰러졌다.

"어쩐 일이여! 누구허고 싸왔다냐?"

감골댁이 소스라치며 아들을 붙안았다.

"아짐씨, 대근이가 장헌 일 허느라고 이리 됐구만이라우. 그것이 말이오……."

서무룡이가 다시 이야기를 맡고 나섰다. 지삼출은 또 곰방대에 담배만 재고 있었다.

"엄니 나 물 좀……."

방대근이가 마른 입술을 혀로 축이며 물을 찾았다.

"거기 수국이 있지야, 물 한 그릇 떠오니라."

아들 옆에 바짝 붙어 앉은 감골댁이 고개만 돌려 소리쳤다.

수국이가 곧 물사발을 들고 거적문을 들치며 들어왔다. 수국이는 동생의 손에 물사발을 쥐여 주며 물었다.

"머리에는 뭘 붙였다냐?"

"된장."

"된장? 많이 다쳤으면 쑥이 더 안 나을랑가?"

수국이는 어머니를 쳐다보았다. 그 얼굴에 울음이 가득했다.

그런 수국이를 서무룡이 눈이 휘둥그레져 바라보고 있었다. 그는 수국이를 보는 순간 눈이 번쩍 띄었고, 그 예쁜 얼굴에 숨이 막힐 지경이었다.

"그, 급헌 김에 그리헌 것인디, 야, 약국에서 좋은 약을 구해다 발라야제라."

서무룡은 일본 사람이 하는 양약국을 생각해 내며 말했다. 그런데 말을 더듬고 말았다.

"양약국 약이 금값이라든디……."

감골댁이 말꼬리를 흐렸다.

"지헌티 그만헌 돈이야 있구만요. 얼른 다녀오겠구만이라."

서무룡이 벌떡 몸을 일으켰다. 그의 상기된 얼굴에는 평소의 불량기나 독기가 자취를 감추고 없었다.

"아서, 무슨 돈이 있다고. 그 맘만으로도 고맙소."

당황한 감골댁이 손을 저었다. 그러나 서무룡은 거적문을 걷고 재빨리 밖으로 나갔다.

"참 젊은 사람이 인정도 많다. 생김새는 그리 후허게 안 뵈는디."

수국이가 동생 대근이를 바라보며 말했다. 그 얼굴에 웃음기가 감돌고 있었다.

손판석이 몸져누운 지 나흘째 되는 날, 그의 아내 부안댁이 감골댁을 찾아왔다. 부안댁의 꺼칠한 얼굴에는 근심이 가득 담겨 있었다.

"몸이 언제 다 나을지 모르는디 무한정 지 샌 신세만 지고 있겄는게라? 지 샌만 보면 미안스러워서 똑 바늘방석이랑게라. 차라리 우리가 벌이를 나서는 것이 어쩔랑가요?"

부안댁이 마른침을 삼키며 말하고는 절실한 눈길로 감골댁을 바라보았다.

"내 맘도 똑같은디, 여자 몸으로 무슨 벌이가 있겄능가?"

"여기 가까이에 미선소에서 돈벌이허는 여자들이 있드랑게요."

부안댁의 얼굴이 밝아졌다.

"미선소가 뭣인디?"

"야아, 정미소에서 나락을 찧으면 그 쌀을 미선소로 옮겨다가 또록또록헌 알쌀만 골라낸답디다. 그 쌀 골라내는 일을 여자들이 헌다드랑게요. 우리도 지 샌 신세 지고 사느니 그 일이라도 허는 것이 어쩌겠소?"

부안댁은 눈까지 빛냈다.

"그려, 목구녕이 포도청잉게. 그리라도 벌어야 옆에 폐가 안 되제."

감골댁은 힘없이 고개를 주억거렸다.

감골댁은 수국이에게만 귀띔을 하고 집을 나섰다. 마음을 짐스럽게 할까 봐 대근이는 모르게 했다.

"나도 따라가면 좋겄는디……."

수국이가 머뭇거리며 눈치를 살폈다.

"미쳤냐, 말만 헌 가시네가 무슨?"

감골댁은 한마디로 무질렀다.

시가지로 들어서며 감골댁과 부안댁은 서로 약속이나 한 듯 입을 다물었다.

감골댁과 부안댁은 묻고 물어 째보선창 끝머리에 새로 생긴 정미소를 찾아갔다.

"자리가 두어 개 남긴 남었는디, 미선소가 노인네 놀이터가 아닝게 그냥 가시오. 바늘귀도 못 뀌는 눈으로 돌을 어찌 골라내겠소?"

불량스럽게 생긴 남자가 감골댁을 내리훑으며 내쏘았다.

"내가 그리 눈이 어둡진 않구만이라."

"가서 손자나 보씨요."

남자가 고개를 돌려 버렸다.

"그럼 이 아짐씨 딸이 있는디, 나허고 한 자리씩 써 주시게라."

부안댁의 다급한 말이었다.

"아니, 그것은……."

감골댁은 입을 열다 말고 얼버무렸다. 부안댁이 빠르게 눈짓하며 옆구리를 질벅였던 것이다.

"딸이 나잇살이나 먹었어야제 어리면 쓰잘 데 없소."

남자가 콧잔등을 찡그리며 귀찮다는 얼굴이었다.

"아니구만이라. 스물잉게 눈도 밝고 일도 잘헐 나이구만이라우."

"스무 살이면 어디 데리고 와 보씨요. 낼 아침에 일찍 오시오."

"야아, 낼 아침 일찍 오겠구만요. 우리를 꼭 써 주씨요 이?"

부안댁은 허리를 굽히며 말했다. 그러나 남자는 아무 대꾸 없이 정미소 안으로 들어가 버렸다.

"아이고, 되았소. 얼른 갑시다."

부안댁이 환하게 웃었다. 그러나 감골댁의 얼굴은 어둡기만 했다.

"내가 그리 늙었능가……? 바늘귀가 흐릿허기는 헌디, 그려도 쌀허고 돌을 못 알아보진 않는디."

감골댁이 힘없는 소리로 말했다.

"그 일이 어디 눈만 밝다고 되겄소? 날마다 쪼그리고 앉아 쌀을 골라내자면 몸도 젊고 실해야 되니 이래저래 수국이가 제격이구만이라. 감골댁은 고생 징허게 허고 살았응게 인제 딸자식 덕좀 봐도 괜찮허요."

부안댁은 일자리를 놓치지 않을 욕심으로 그 나름의 입심을 부리고 있었다.

"딸자식 덕 보고 말고가 아니고, 다 큰 가시네를 그리 내돌려서 될랑가 모르겄구마."

"아이고, 그것이야 아무 걱정 없제라 잉. 내가 진돗개처럼 지키면서 왔다 갔다 허고, 거기서야 여자들만 일을 허는디 무슨 탈이 나겄소?"

부안댁은 감골댁의 마음을 돌리려고 일부러 과장되게 장담하고 있었다.

"그려도 그것이……."

"와따, 수국이 인물 때문에 그러는가 본디, 남자들이야 일터에 없단 말이오."

"알겄어. 더 생각혀 보세."

감골댁은 말꼬리를 사렸다.

해 질 녘에 서무룡이 혼자 찾아왔다. 감골댁은 지삼출이 오지 않은 것이 걸렸다.

"지 샌은 무슨 일 있능가?"

감골댁은 조심스럽게 물었다.

"누구 만나러 가서 좀 늦을 것잉마요. 요새 무슨 일 꾸미느라 지 샌이 바쁘구만이라."

"무슨 일 꾸미는디? 또 뙤놈들허고 싸울라는 것잉가?"

감골댁이 놀라움을 드러냈다.

"아니오, 조합을 만든다등마요."

"조합? 조합이 뭣이여?"

감골댁이 다가앉으며 물었고,

"막일해 먹는 신세에 조합은 무슨 놈의 조합이여?"

방대근이가 어이없다는 표정을 지었다.

"니 시방 무슨 소리 허냐? 우리겉이 막일해 먹는 사람들일수록 조합을 만들어 힘을 합쳐야 왜놈들이 우리를 무시 못허고, 뙤놈들도 나대지 못허는 것이여, 알아먹어?"

"와따, 니가 언제부터 그리 유식해졌다냐? 공자님 말씀 찜 쩌 먹는디? 조합은 조합인디, 이름이 막일꾼조합이여, 짐꾼조합이여?"

"어허, 점잖찬케! 노동조합이제, 노동조합!"

서무룡이는 수염이라도 쓰다듬는 듯한 태도를 지었다.

"공연히 그것 만들어 왜놈들헌티 미움 안 살랑가 모르겄네. 긁어 부스럼이면 큰일인디."

감골댁의 근심스러운 말이었다.

"그런 걱정 안 해도 되능마요. 저, 물 좀 먹었으면 쓰겄는디요."

서무룡은 넌지시 물을 청했다.

"야아야 수국아, 물 한 사발 떠오니라아."

감골댁은 하루도 빠짐없이 찾아 주는 서무룡이가 고마워 큰소리로 외쳤다

곧 수국이가 사발을 들고 들어왔다. 서무룡이가 수국이를 올려다보며 두 손을 내밀었다. 그 눈이 더없이 부드럽고 순해 보였다. 그런데 감골댁이 얼른 사발을 받아 들어 서무룡이에게 전해 주었다. 순간적으로 서무룡이의 얼굴에 찬바람이 스치고 지나갔다. 그는 속마음을 감추려는 듯 물을 벌컥벌컥 들이켰다.

밤이 깊도록 감골댁은 잠들지 못했다. 미선소 이야기는 꺼내지도 못하고 잠자리에 누울 수밖에 없었다. 대근이가 가만히 있을 것 같지 않았고, 에미로서 차마 입이 떨어지지 않았다. 다 큰 딸을 입에 풀칠이나 하자고 밖으로 내돌릴 수는 없었다.

늦게 잠든 감골댁은 그릇 부딪는 소리에 잠이 깨 밖으로 나갔다.

"엄니, 얘기 다 들었소. 내가 엄니 대신 잘헐 것잉게 아무 걱정 마씨요."

감골댁은 딸에게 손을 잡혔다.

"벌써 부안댁이 다녀갔더냐……?"

32

덧나는 상처

빼앗긴 농토를 찾으려고 면사무소로 몰려갔던 내촌과 외리 사람들은 가슴에 찬바람이 일고 있었다. 주모자로 잡혀간 박병진과 김춘배는 풀려나지 못했다. 재판을 받게 한다고 전주로 넘기고도 세월만 보내고 있었다. 그뿐 아니라 몽둥이질을 당한 사람 중에 여섯이나 불구자가 생겨났다.

내촌에서는 두 사람이 절름발이가 되었고, 외리에서는 네 사람이 불구자 신세가 되었다.

해가 뉘엿뉘엿 지면서 들마을에 저녁연기가 피어났다. 지칠 대로 지친 박건식은 들길을 터덕거리며 걷고 있었다. 점심도 굶고 하루 종일 걸은 걸음이었다.

박건식은 고샅으로 접어들며 기운을 추슬렀다.

"내가 없는 집안에 니가 인제 어른이다. 아무리 속이 상해도 엄니헌티는 궂은소리를 한마디도 허지 말어라. 걱정되는 말을 가리지 않고 혀서 부모 속을 상허게 허는 것은 세끼 밥 봉양 못허는 것보다 더 큰 불효다."

아버지의 다짐이었다.

박건식은 사립을 들어서며 큰기침을 했다.

"어디, 아범 왔다냐!"

방문이 벌컥 열리며 어머니가 방에서 뛰쳐나왔다.

"야아 엄니, 잘 다녀왔구만이라."

박건식은 밝게 웃으며 어머니에게 인사했다.

"무슨 좋은 소식이 있더냐?"

"야아, 재판이 늘어지는 것이 좋은 징조라고 허등마요. 죄가 무거운 사람들부터 재판을 허니께요."

엉뚱한 말을 지어내느라 박건식은 아내가 가져온 물 사발을 그대로 들고 있었다.

"고것이 참말이여? 아부지보다 죄가 중헌 사람들이 그리 많어?"

대목댁은 아들 옆으로 바짝 다가앉았다.

"하면이라. 땅 뺏긴 사람들이 여기저기서 수없이 안 들고일어났소? 그 사람들 중에는 토지조사국 왜놈을 두들겨 팬 사람도 있고, 면사무소 직원을 몰매 친 사람도 많다고 허드랑게요. 그것에 비허면 아부지 죄야 죄도 아니랑게라.”

이건 거짓말이 아니었다. 땅을 찾으려는 사람들이 패를 짜서 행동하는 일이 빈번해지면서 그런 일을 저지른 사람들도 자꾸 많아지고 있었다.

저녁밥을 허겁지겁 먹어 치운 박건식은 온몸이 늘어지면서 하루 종일 먼 길을 걸어온 피곤이 잠으로 몰려왔다.

“땅은 목숨이여. 그 땅 잃으면 바로 저승이 눈앞으로 닥치는 것이여. 땅은 반드시 찾아야 써.”

박건식은 아버지의 말을 생각하며 눈을 비비댔다. 땅을 기어코 찾으려면 사랑방에 나가 사람들에게 아버지가 겪는 고생을 전하고 그 사람들이 하나로 뭉치게 해야 했다. 박건식은 덮쳐 오는 잠을 떠밀며 가까스로 몸을 일으켰다.

“곤허면 그냥 자지 뭐헐라고 일어나냐?”

대목댁은 안쓰러움으로 혀를 차며 아들을 부축했다.

“아니구만이라, 사랑방에 나가야제라. 땅을 찾아야 헝게, 땅을……”

박건식은 잠꼬대하듯 중얼거리며 사립을 나섰다.

사랑방에 앉아 있던 사람들은 박건식을 보자 그의 아버지 박병진의 안부를 물었다.

"아프신 데는 없다고 허시는디, 축나기는 많이 축났드만이라."

박건식은 사실대로 말했다.

"어찌 안 그러겄어? 그 양반 앞에서야 우리가 다 죄인이제."

한 사람이 가라앉은 소리로 말했다.

그들 사이에는 한동안 말이 없었다. 침침한 등잔불 빛 속에서 곰방대만 빨아 대거나 시무룩하게 앉아 있었다.

"다들 모였응게 병진이 아재 면회 갔다가 온 건식이 말을 듣기로 허겄소."

남상명의 말에 사람들은 자리를 고쳐 앉거나 낮은 기침 소리를 냈다.

"……달라진 것이 아무것도 없구만이라. 아직도 재판이 언제 열릴지 모릉게라. 근디 아부지가 전허라는 말이 있구만요. 패 짜서 더 나서지는 말라고라. 사람들이 사방에서 들고일어난게 왜놈들이 점점 더 세게 몰아친께요. 그렇다고 가만있지는 말고 열흘이나 보름거리로 토지조사국에 땅 내놓으라는 문서를 자꾸 내야 헌다고 허시등만이라."

박건식은 우울한 음성으로 말을 마쳤다.

"아재 말씀이 백번 옳으요. 아재 고생이 헛것이 안 되게 헐라면 우리가 똘똘 뭉쳐 문서를 내는 것이 상책이오. 문서를 낸다고 헌병이나 경찰이 잡아들일 수도 없고, 끝없이 문서를 받다 보면 조사국 놈들도 신물이 나서 무슨 수를 내게 될 것잉게."

남상명이 마무리를 지었다.

"근디, 우리가 당허고 난게 여기 가까운 동네 사람들은 잔뜩 겁먹고 꼼지락 달싹을 못허는디 다른 먼 데 사람들은 우리처럼 들고일어난다는 소문이 참말인갑제?"

누군가가 의문스럽게 물었다.

"야아, 어디서는 토지조사국원이 반 죽게 맞기도 허고, 또 어디서는 헌병이고 순사가 몰매질을 당허기도 혔답디다."

박건식이 대답했다.

"그것 참 속 시원허시. 근디 그 사람들은 어찌 되는 것이여?"

그 사람이 뒤미처 놀라움을 나타냈다.

"재판서 사형 받은 사람도 더러 있다고 허등마요."

"사형? 허, 기막힌 일이시."

"그러고 보면 면장 백가 놈이 우리헌티 인심 쓴 것 아니겄어? 매타작허고도 싹 다 옥에 가둬도 그만인디."

"그것은 영판 잘못 생각허는 것이구만이라. 그놈이 바로 왜놈 앞잡이로 우리 땅을 뺏어 가게 만든 흉악헌 놈이란 말이오. 면직원 놈들허고 멱살잡이헌 것 갖고 아재들이 몽둥이질 당허고, 그 골병으로 이런저런 빙신 생기고, 아부지가 잡혀 들어가고, 그것이 인심 쓴 것이다요? 아재들이 옥에 갇힐 죄를 저질렀으면 그놈이 그리했을 성싶으요? 그놈이 선심 쓰는 척허는 데에 속지 마씨요. 백가 그놈은 병 주고 약 주는 흉악헌 백여시인게라."

박건식의 열 받친 말이었다.

"그려, 그 백가 겉은 놈들이 땅 내력을 뻔히 알면서도 왜놈들헌티 다 넘겨준 것이여."

"그렇제, 백가 놈이야 왜놈이 못 돼서 환장헌 놈인디. 그나저나

건식이가 아부지 안 계신 새에 와짝 어른이 되어 부렀다.”

남상명이 대견해하며 박건식을 건너다보았다.

“건식이야 아그적부터 똑똑허지 않았소? 동네 호박에 말뚝은 다 박고 다니면서도 예닐곱 살에 천자문 다 뗀 똑똑인디.”

한기팔이 얼른 토를 달았다.

“또 한 가지 알릴 것이 있소. 우리가 어제 오늘로 나락은 다 벴는디, 타작 채비를 얼른 끝내야겠소. 글피부터 사날 동안 타작을 허는디, 그놈의 동척인지 서척인지에서 사람들이 나오기로 되어 있소.”

남상명이 침울하게 말했다.

“죽일 놈들, 타작도 맘대로 못헌 것이 벌써 몇 년이여!”

한 사람이 벌컥 소리를 질렀다.

“열 내지 마소. 요것이 다 나라 뺏긴 죄요.”

누군가가 한숨을 길게 토했다.

“나라 뺏긴 것이야 우리 잘못이 뭐 있어? 우리야 골병들게 땅 파서 세금이란 세금 다 바치고 뜯기면서 산 죄뿐인디. 다 양반 놈들이 우리헌티 뜯어 간 세금으로 배꼽이 요강 꼭지가 되도록 배때지 불리고, 땅 늘리면서 세금이라고는 땡전 한 닢 안 내고 사는 것도 모자라 나라까지 팔아먹은 것 아니여? 근디 세상이 뒤집어졌어도 양반이란 것들은 땅을 한 치도 안 뺏기고 얼씨구나 잘만 살지 않냔 말이여? 어찌 보면 왜놈보다 못된 종자가 양반이여."

"그런 소리 아무리 해 봤자 입만 아픙게 그저 조상 잘못 둔 죄라고 생각허소."

"참, 양반 아닌 조상 욕허자니 뉘서 침 뱉기고, 이리 밟히고 저리 채이면서 살 생각을 허면 팍팍허고 캄캄허제."

방구석에서 누군가가 또 한숨을 길게 내쉬었다.

"그런 기운 빠지는 소리 허지 말어. 어쨌거나 살아야 될 목숨잉게 맘들 강단지게 먹고 땅 찾을 궁리나 똑바로 혀얄 것 아니겄어?"

한기팔의 목소리가 유난스레 컸다.

"그려, 병진이 아재 생각허면서 맘들 강단지게 먹드라고."

남상명이 이야기를 마무리 지었다.

그들은 이틀 동안 담배 한 대 느긋하게 피울 짬도 없이 바삐 돌아쳤다. 볏단을 묶어 논두렁에 세웠고, 손 닿는 대로 여기저기 명석을 끌어모았고, 쇠홀태를 꺼내 녹을 닦아 다리에 끼웠고, 갈퀴며 함지박 같은 것도 미리미리 챙겼다. 타작을 하자면 소용되는 물건이 한두 가지가 아니었다.

꼭 얼레빗처럼 생긴 쇠홀태는 사오 년 전부터 일본에서 들어오기 시작했는데, 나락을 훑는 데 한결 일손을 빠르게 해 주는 기구였다. 동척에서는 쇠홀태를 소작인들의 집집마다 나누어 주었다. 그러나 공짜가 아니었다. 다음 해 추수 때 그 값을 나락으로

처서 받아 갔다. 쇠홀태와 같은 시기에 들어온 것이 '가마니' 짜
는 기계였다. 그 기계가 보급되면서 농가에서는 그 기술을 익혀야
했다. 일본 사람들은 조선의 '섬'을 없애고 자기네들의 '가마니'로
곡식의 수량 단위를 통일시켰던 것이다. 그래서 '가마니'라는 일
본말은 어느덧 일상용어처럼 조선 사람들의 입에 붙게 되었다.

　타작 날 아침 일찍 동척 사람들이 들이닥쳤다. 박병진의 집으
로 들어선 그들은 다짜고짜 집뒤짐을 시작했다. 그런 식의 집뒤짐
은 인심 사나운 지주가 타작 직전에 하는 행티였다. 그러나 자작
농인 박건식네로서는 그런 볼썽사나운 짓이 언짢은 남의 일일 뿐
이었다. 그런데 자신이 이제 그런 꼴을 당하고 있었다. 왜놈들에
게 느닷없이 논을 빼앗기고 왜놈들에게 도둑놈 취급까지 당하는
수모였다.

　"딴 데 어디 숨긴 것 없제?"

　죽도를 든 사내가 불량스럽게 턱을 치켜올리며 윽박질렀다.

　"다 뒤졌으면 나가씨요, 나가! 누구를 도적놈으로 알고 아침부
터 요것이 무슨 경우 없는 쌍놈의 짓거리여!"

　대목댁이 삿대질을 해 대며 소리쳤다.

　그들은 서너 집을 거쳐 한기팔이네 집에 이르렀다. 식구들과 함
께 마당으로 내몰린 한기팔이는 먼 하늘을 바라본 채 큼큼 헛기
침을 하고 서 있었다.

뒤란까지 다 뒤진 그들은 마당으로 모여들고 있었다.

"가만있어 보드라고. 저기가 좀 요상스러운디?"

한 사내가 고개를 갸웃거리며 텃밭 쪽으로 걸어갔다. 그 사내의 눈길은 텃밭 끝 울타리 구석에 수북하게 쌓인 짚 덤불에 박혀 있었다. 그 사내는 목검으로 짚 덤불을 헤쳤다.

"찾았다, 여기다 여기!"

사내가 기운차게 외쳤다.

얼굴이 질린 한기팔이 주저앉았고, 그의 뒷덜미를 어떤 손이 낚아챘다.

"바까야로!"

죽도를 든 동척 직원이 틀어잡은 뒷덜미를 거칠게 잡아채며 내뱉었다.

"보씨요, 얼른 도망가씨요!"

세 아이를 한품에 끌어안은 그의 아내가 다급하게 부르짖었다.

그 순간 한기팔이 몸을 힘껏 내둘렀다. 그 바람에 동척 직원이 잡고 있던 뒷덜미를 놓쳤다. 그러자 다른 동척 직원이 구둣발로 한기팔의 정강이를 걷어찼고, 거의 동시에 뒷덜미를 놓친 동척 직원이 죽도로 한기팔의 머리를 갈겼다. 한기팔은 신음을 물며 그 자리에 허물어졌다.

"아이고메 병구 아부지!"

아내의 울부짖음과 함께 아이들의 울음소리가 터졌다. 한기팔은 머리를 맞는 순간 아뜩해졌던 정신을 아이들 울음소리를 들으며 되잡고 있었다.

한기팔 앞에는 흙투성이가 된 볏단들이 던져지고 있었다. 눈을 질끈 감은 한기팔은 두 주먹을 말아 쥔 채 부들부들 떨고 있었다. 그건 쌀을 탐내서 욕심을 부린 것이 아니었다. 절반을 그냥 뺏기는 것이 억울하고 분해서 저지른 일이었다.

"그따위 짓 하지 말라고 미리 경고했는데 열 단씩이나! 버릇을 단단히 고쳐 줘라."

서류철을 든 직원이 한기팔에게 침을 내뱉었다.

그 말이 떨어지기 바쁘게 둘러섰던 네 사내가 죽도며 목검을 휘둘렀다. 죽도와 목검은 휙휙 허공을 가르는 바람 소리를 내며 한기팔의 몸뚱이를 난타했다. 그의 아내와 아이들의 울음소리가 핏빛으로 자지러지고 있었다.

동네 사람들이 사립 앞에 몰려들었고, 한기팔의 몸이 땅바닥에 완전히 풀려 버리고 얼굴이 피범벅이 되어서야 매질이 멈추었다.

또 한 사람이 한기팔과 똑같은 매질을 당했다. 그 사람은 다섯 단을 감추었다가 그렇게 되었다.

몰매를 맞은 두 사람은 타작에 나설 수가 없었다. 그들의 아내가 나서기는 했지만 타작이 여자의 힘으로 될 일이 아니었다. 다른 사람들이 말없이 두 집의 타작을 떠맡았다. 그들의 마음에는 두 사람에게 가해지는 몰매를 막아 내지 못했다는 죄스러움이 담겨 있었다.

그들은 허리가 끊어지도록 일을 해서 이틀 만에 타작을 끝냈다. 동척에서는 그 절반을 그날로 실어 갔다. 동척에서는 그 힘겨운 물농사에 손 한 번 적신 일 없이 수확의 절반을 고스란히 빼앗아 간 것이다. 동척이 바로 총독부라는 것을 알고 있는 그들로서는 이빨을 맞갈 뿐 더 이상 어쩔 도리가 없었다.

33

아버지와 아들

기차가 하얀 김을 아래로 내뿜으며 역 안으로 들어서고 있었다. 역 건물 양쪽으로 쳐 놓은 긴 가시울타리에는 사람들의 얼굴이 겹으로 매달려 있었다. 그들은 누구를 마중 나온 게 아니라 구경꾼이었다. 기차가 떠나고 도착할 때마다 어김없이 그렇게 구경꾼이 모여들었다.

기차가 멈추자 객차에서 사람들이 내리기 시작했다. 그들의 차림은 거의가 신식이거나 일본식이었고, 네모로 각진 커다란 가방들을 들고 있었다.

넓은 대합실은 사람들로 바글거렸다. 마중을 나온 사람들이었다.

"서엉! 치성이 서엉!"

열서너 살쯤 먹어 보이는 아이가 목청껏 외쳐 댔다.

"어! 니 막둥이구나."

기차표를 내고 큰 가방을 추슬러 들던 젊은 남자가 환하게 웃어 보였다.

"아이고메 치성아, 어서 오너라!"

대합실로 들어서는 그 젊은이를 여자가 얼싸안듯 했다.

"엄니…… 엄니까지 뭐헐라고 나오셨소?"

여자를 바라보는 젊은이의 눈자위가 금세 붉어졌다.

"내가 안 나오면 누가 나온다냐? 어찌, 몸은 성허냐?"

여자는 눈물 밴 소리로 말하며 눈이 부신 듯 젊은이를 올려다보고 있었다.

"느그들도 다 나왔네? 잘들 있었냐?"

그는 자신을 에워싼 네 동생을 둘러보며 다정하게 웃어 보였다. 그의 신식 차림새는 동생들의 입성과는 너무나 차이가 났다.

그 젊은이는 우체국장 하야가와의 주선으로 일본에 유학을 간 우체국 급사 양치성이었다.

"성은 아주 하이칼라 멋쟁이가 되야 부렀네 이?"

막냇동생이 양치성의 손을 잡고 깡충거리고 걸으면서 형이 부러운 듯 자랑스러운 듯 입을 놀렸다.

"아이고, 니가 하이칼라라는 말도 다 아네?"

양치성은 놀라움과 대견함이 뒤섞인 얼굴로 막냇동생을 내려다보았다.

"나 딴 일본말도 많이 아는디?"

막냇동생은 형을 올려다보며 눈을 빛냈다.

"상근아, 하이칼라는 일본말이 아니라 서양말이다. 일본 사람들이 빌려다 쓰는 것잉게 일본말인 줄 알면 안 되제. 구루무라는 말 알지야? 그 말도 서양말을 빌려다 쓰는 것이여."

양치성은 정겹게 막냇동생에게 설명을 해 주었다.

"쥐방울만헌 것이 주둥이만 발랑 까져 갖고. 에이, 토란 대가리야!"

몸이 한쪽으로 기울도록 큰 가방을 들고 가던 사내가 막냇동생의 머리통을 쥐어박았다.

"어째 때리고 지랄이여? 작은성도 그런지 알았간디?"

상근이는 빽 소리를 질렀다.

양치성은 막냇동생의 머리로 눈길을 옮겼다. 동생의 머리에는 가위질 흔적이 테를 빙빙 둘러놓은 것처럼 남아 있었다. 마치 토란 껍질 무늬 같았다. 이발소를 갈 수 없는 가난의 흔적이었다.

"니 토란 대가리라고 놀림당혀서 싸다. 내가 손질해 주겠다고 달래도 말 안 듣더니."

양치성의 여동생이 변명하듯 말하며 양치성의 눈치를 살폈다.

"치, 누나는 대가리 처박혀서 머리 깎이기가 얼마나 힘드는지 알어? 가위가 살을 씹어 대지, 터럭가시가 옷 속으로 기어들어 몸을 찔러 대지, 누나도 한번 머리를 깎여 보지? 내가 깎아 줄 팅 게로."

상근이는 응원을 청하듯 큰형 양치성이를 올려다보며 야무지 게 입을 놀렸다.

"머리 깎이기만 힘들고 머리 깎는 사람은 무슨 깨 쏟아지는 재 미가 있는지 아냐? 머리를 깎자면……."

"아서, 아서. 저놈 억지소리에 이길 장사 없응게. 지놈 말대로 놀 림을 당혀도 지가 당허고, 한 열흘 지나면 표 안 나게 된다는 배 짱인디 우리가 어쩌겠냐?"

양치성의 어머니가 손을 내저었다.

"우리 상근이 배짱이 아주 쓸 만헌디? 남자야 그런 배짱이 있 어야제."

양치성은 막냇동생의 머리를 쓰다듬으며 꽤나 흡족하게 웃었다.

"봐라, 봐라. 큰성이 딱 내 편이제."

행여 야단을 맞을지도 몰라 불안하기도 했던 상근이는 누나에 게 가슴을 내밀어 보이며 기를 세웠다. 양치성이와 함께 식구들 이 소리 내어 웃었다.

양치성은 식구들의 웃는 모습을 보며 가슴이 뭉클했다.

시름시름 앓던 아버지가 죽어 버린 집안에 남은 것이라고는 아무엇도 없었다. 어머니가 진일 마른일 가리지 않고 품팔이를 나다녔지만 하루 한 끼를 먹기가 다급했다. 다섯 형제는 날마다 배가 고파 허덕거렸다. 동생들은 물배만 채우다가 지쳐 쓰러지고는 했다. 동생들을 먹여 살리려고 어느 집 꼴머슴으로라도 들어가려 했지만 아직 물뼈라며 아무 데서도 받아 주지 않았다. 그러던 어느 날 세 살짜리 막냇동생이 배가 고파 울다가 흙을 파먹었다. 다음 날로 어머니 모르게 구걸을 나섰다. 어머니가 입이 닳도록 되풀이하는 '집안의 기둥'이라는 장남으로서 동생들을 굶기지 않는 길은 그것밖에 없었다. 그렇다고 바가지를 들고 다니며 밥을 얻을 수는 없었다. 창피스러움 때문이었다. 그래서 생각해 낸 것이 생판 모르는 사람들에게 구걸을 하는 것이었다. 그 대상이 일본 사람들이었다. 그들을 찾아 발길은 자연스럽게 부두로 향했고, 부두 근방을 오가는 일본 사람들에게 손을 내밀며 굽실거렸다. 거지들이 하는 '한 푼 줍쇼'라는 말이 나오기까지 사나흘이 걸렸다. 그 말을 되풀이하다 보니 희한한 생각이 떠올랐다. 한 푼 줍쇼를 일본말로 하자는 것이었다. 부두 근방에는 일본말을 지껄여 대는 조선 사람이 적지 않았다. 그들에게 머리를 쥐어박히고 걷어차이면서 '메군데 구다사이'란 말을 알아내는 데 이틀이 걸렸다.

손을 내밀고 굽실거리면서 그 말을 써먹었다. 그 효과는 금방 나타났다. 그 말을 들은 일본 사람들은 신기해하기도 하고 재미

있어하기도 하면서 동전들을 던져 주었다.

그러던 어느 날 마주친 사람이 우체국장 하야가와였다.

"메군데 구다사이라고? 그 말을 왜 배웠지?"

"……저어, 동냥 많이 얻을라고라."

"누가 그러라고 시켰지?"

양치성은 도리질을 했다.

"그럼 너 혼자 생각이란 말이냐?"

양치성은 고개를 끄덕거렸다.

"호, 이놈 보게. 너 몇 살이냐?"

하야가와는 허리를 더 굽히며 양치성의 눈을 똑바로 보았다.

"열세 살인디요."

"열세 살……, 너 혼자서 사나?"

"아니구만이라. 아부지는 죽고 엄니허고 동생이 넷인디요."

양치성은 상대방의 부드러운 인상과 조선말을 잘하는 것에 이끌리며 대답했다.

"그래서 동냥질을 나섰구나. 너 내가 취직시켜 줄까?"

"취직이오?"

양치성은 고개를 갸웃했다.

"취직이 뭔지 모르는구나? 옷 깨끗하게 입고 편한 일 해서 돈벌이를 하는 거다."

그 취직이란 것이 싫을 까닭이 없었다. 하야가와는 우체국 급사로 데려가 월급만 준 것이 아니었다. 하루도 거르지 않고 일본말을 가르쳐 주었다. 월급은 어머니의 품팔이 벌이보다 많았다. 그 월급과 어머니의 벌이를 합쳐 여섯 식구가 굶는 것은 면할 수 있었다. 어머니는 하야가와 국장을 은인으로 받들었다. 그리고 꿈에라도 그 은공을 잊어서는 안 된다는 말도 꼭꼭 덧붙였다. 잠을 설쳐 가며 일본말을 열성으로 공부한 것은 순전히 하야가와가 그것을 좋아하기 때문이었다.

"니 타국서 고생 많았지야?"

양치성의 어머니는 새삼스럽게 아들의 얼굴을 살폈다.

"아니구만요, 나야 돈 걱정 없이 공부만 했는디요. 엄니가 고상이 많었제라?"

양치성은 어머니의 주름 잡힌 얼굴을 측은한 눈빛으로 바라보았다.

"아니여, 나야 무슨 고상혔간디? 국장님이 착착 보내 준 니 월급으로 편케 살았제. 그나저나 하야가와 국장님은 하늘 아래 둘도 없는 분이셔. 니를 일본까지 보내 준 것도 기막힌디 거기다가 우리 식구 살리느라고 니 월급까지 꼬박꼬박 주셨으니 그리 고마운 일이 세상 어디 또 있다냐? 그 은공 니 평생 갚아도 모자랄 거다. 바로 인사 가야지야?"

"야아, 바로 가야지라."

양치성은 식구들과 헤어져 우체국 쪽으로 길을 잡았다.

"웃어라, 항시 웃어라. 아무리 화가 나고 속상하는 일이 있어도 얼굴 찡그리지 말고 웃어라. 그럴 때마다 숨을 깊이 들이마시면서 웃을 일을 생각해라. 그걸 자꾸 연습하면 웃음 속에 속마음을 감출 수 있게 된다."

마음속 깊이 각인되어 있는 하야가와의 가르침이었다.

하야가와 아래서 보낸 세월이 10여 년이었다. 하야가와의 말대로 하려 애쓰다 보니 자신도 모르게 그렇게 변해 갔다. 아무리 화가 나도 화를 누르며 웃을 수 있었고, 아무리 속이 상해도 웃을 수 있게 되었다. 그러다 보니 마음에 여유가 생겼고, 말수가 줄었다. 그러면서 주변 사람들에게 얻은 별명이 '애늙은이'였다. 하야가와는 그 별명을 흡족해했다.

"너는 이제부터 천황 폐하의 충직한 신하인 동시에 나의 아들이다."

일장기 앞에 무릎 꿇고 앉아 혈서를 썼을 때 하야가와가 준엄하게 한 말이었다. 피로 쓴 '황국충성(皇國忠誠)' 네 글자와 함께 일장기의 붉은 동그라미는 가슴속에 뜨거운 불덩어리로 자리 잡았다.

"황국에 충성을 맹서했으니 이제 황국이 베푸는 은혜를 받으러 떠나라."

꿈에도 생각해 본 적이 없는 일본 유학이 현실이 되었다.

오사카 그리고 도쿄…… 일본은 별천지였다. 일본의 신식 문물 앞에서 기가 꺾여 몸을 가누기가 어려웠다. 조선이 일본의 보호국이 되는 것이 당연하다는 생각이 들었다.

"국장님, 방금 돌아왔습니다. 그동안 별고 없으셨는지요?"

양치성은 허리를 반으로 꺾어 깊이 절을 올렸다.

"그사이 몸이 더 실해졌구나."

하야가와는 양치성을 감싸 안듯 하며 어깨를 가볍게 두들겼다.

"저어…… 약소합니다만……."

양치성은 속주머니에서 조그만 물건을 꺼내 두 손으로 탁자 위에 놓았다.

"이게 뭔가?"

"국장님 시계가 너무 오래돼서…… 마음에 드실지……."

"시계? 이 비싼 것을 자네가 무슨 돈이 있다고!"

하야가와의 얼굴에서 웃음이 걷혔다.

"제 용돈을 아꼈습니다. 자식으로서 아버님에 대한 마음입니다."

양치성은 하야가와의 엄한 눈길을 피하지 않으며 또렷하게 말했다.

"학업에 열중해 1등한 것으로 아들 된 도리도 다한 것 아닌가?

그런데 이런 것까지 사 오다니……."

하야가와는 웃음을 환하게 살려 내며 시계갑을 집었다.

포장지를 뜯은 하야가와는 시계를 사기 위해 양치성이 얼마나 궁한 생활을 했을지 짐작이 되었다.

"고맙구나. 그럼 이건 내가 차고, 내 것은 자네가 차도록 하지. 새것을 사 줄 수도 있지만 이게 더 의미 있는 일이야."

하야가와는 양치성을 지그시 바라보며 웃음을 짓고 있었다.

"고, 고맙습니다……."

양치성은 말을 더듬으며 두 손으로 시계를 받아 들었다.

"나를 생각하는 맘은 잘 알지만 앞으로 이런 짓을 해서는 절대로 안 돼. 자네한테 주는 용돈은 일본을 알고 배우는 데 유용하게 쓰라는 거야. 가끔 연극도 구경하고, 운동 시합도 구경하고, 술집도 가 보고 말이야. 그게 다 자네 공부에 도움이 되는 거니까. 남은 1년은 틀림없이 그렇게 해야 돼. 알겠나?"

"예, 명심하겠습니다."

"학교 공부도 중요하지만 뛰어난 정보원이 되려면 세상을 살살이 아는 것도 그 못지않게 중요하다는 걸 잊어선 안 돼. 하여튼 자네가 공부에 매진할 줄은 알았지만 1등을 할 줄은 몰랐다. 장한 일이야, 장해. 난 한없이 기쁘다."

"황송합니다."

양치성은 하야가와의 넘치는 칭찬에 달아오르는 얼굴을 수그렸다.

"자네한테 내가 한 가지 맡길 일이 있네."

하야가와가 자리를 고쳐 앉았다.

"예, 무슨 일이신데요?"

양치성은 더 똑바로 바로잡을 것도 없는 앉음새에 힘을 넣었다.

"몇 달 전부터 부두 노동자들 움직임이 심상찮아. 몇 십 명이 노동조합을 결성했다는 정보가 있는데, 노동조합 결성 목적이 일거리 확보나 임금 협상같이 단순한 것이 아닐 수도 있단 말이야. 우리는 그 속에 감추어져 있을지도 모를 정치적 목적을 알아내야 해. 의병 세력은 일소된 게 아니라 약화되었을 뿐이고, 지금도 산발적으로 출몰하고 있잖나? 그 잔당들이 지하로 숨어들었다는 사실도 잊어서는 안 돼. 그러니 자네가 1년 동안 닦은 솜씨로 그 노동조합 내부를 비밀리에 파헤쳐 보란 말이야. 알겠나?"

웃음기 가신 하야가와의 얼굴에서 두 눈이 예리하게 빛나고 있었다.

"예, 조속한 시일 내에 임무를 철저하게 수행하도록 하겠습니다."

양치성은 뜻밖의 지시에 긴장하면서도 자신 있게 대답했다.

"너무 서두를 건 없고, 잘 처리해 봐. 먼 길 오느라 힘들었을 텐데 그만 가서 쉬도록 해."

하야가와가 먼저 자리에서 일어섰다.

오랜만에 편안하고 아늑한 잠을 잔 양치성은 일찌감치 집을 나섰다. 어제와는 딴판으로 허름한 그의 차림은 흡사 노동판의 노동자였다.

양치성은 곧바로 부두로 갔다. 많은 사람들이 북적거리고 있었고, 사방에서 떠드는 소리로 시끌덤벙했다. 그들은 거의가 노동자

들이었다.

부두 가까이에는 여기저기 쌀가마니들이 산 덩어리를 이루고 있었다.

양치성은 느린 걸음으로 부두 근방을 돌아보았다. 떠나 있는 동안 변한 게 많았다. 양치성은 쌀 창고가 많이 생긴 것에도 놀랐지만, 그 창고를 지은 재료를 보고 더 놀랐다. 새로 자리 잡은 창고들은 모조리 시멘트 벽이었다. 오래오래 쓰려고 튼튼하게 벽돌과 시멘트로 지은 것이구나 하는 생각이 머리를 채웠다.

'저 쌀 창고들은 얼마나 오래가게 될까……? 100년, 200년……?'

벽돌과 시멘트는 돌보다 강하다고 했다. 일본은 앞으로도 끝없이 조선을 보호국으로 삼을 작정인 게 분명했다.

'내가 환갑까지 살면 앞으로 40여 년…… 그때까지도 저 쌀 창고들은 끄떡하지 않을 것이다…….'

기차선로 여섯 개가 이어진 쌀가마니 하치장을 보고 양치성은
또 놀랐다. 하치장의 규모도 놀라웠지만 그런 효율적
인 하치장을 만들어 낸 일본 사람들의 머
리와 기술에 탄복하지 않을

수 없었다.

쌀가마니가 쌓인 곳은 어디든 막노동자들이 북적거렸다. 양치성은 느린 걸음을 옮기며 그 무리들에게 눈총을 쏘고 있었다.

'저것들이 노동조합으로 한 덩어리로 뭉친다?'

골치 아픈 일이었다. 먼저 노동조합을 만든 놈을 찾아내야 했다. 그러자면 노동조합 조직부터 그물질을 시작하는 게 순서였다. 인부들 사이에 자연스럽게 끼어들고, 노동조합에 가입하는 길을 찾기만 하면 일은 다 끝나는 셈이었다.

"가만있거라, 요것이 누구여? 니 치성이 아니여!"

자전거에서 내린 장칠문이 양치성의 어깨를 철꺽 쳤다. 생각에 빠져 있던 양치성은 화들짝 놀라며 고개를 홱 돌렸다. 그 행동은 무척이나 민첩했다.

양치성은 몸을 돌리는 짧은 순간에 상대방의 팔을 낚아챘다. 그 기민한 동작은 1년 동안 연마한 무술의 결과였다. 유도에서 검도와 격투까지 온갖 무술을 다 익혀야 했다. 사격도 중요시되었다. 오전에는 정보활동에 관한 이론 학습이었고, 오후에는 무술 연마였다.

"아니, 장 순사님 아니신게라?"

양치성은 공격 태세를 풀며 씨익 웃어 보였다. 그러나 속으로는 귀찮은 자를 잘못 만났다는 낭패감으로 당황스러워지고 있었다.

"니 일본서 언제 왔는디 여기 이러고 섰냐?"

장칠문은 의아한 눈길로 양치성의 몰골을 훑었다.

"한 사날 됐구만요. 기운도 기르고 돈벌이도 헐라고 나와 봤구만이라. 장 순사님은 신수가 더 좋아지셨는디요?"

양치성은 능치고 들었다.

"우체국 일은 어쩌고?"

"우체국에 내 헐 일 없어진 지가 언제라고라? 초년고생이야 사서 허는 것이니 부두에 나가 등짐을 져 보라고 시킨 사람이 누군지 아시오?"

"하야가와 국장님이시여?"

장칠문이 재빠르게 장단을 맞추었다.

"와따, 순사라 기막히시오. 어찌 그리 딱 집어내신다요? 귀신이 따로 없소."

양치성은 놀라는 시늉을 해 가며 장칠문을 치켜올려 주었다.

"근디 자네가 저 속에 끼어 돈벌이허기는 어려울 것인디?"

"몸뚱이 성헌디 뭣이 어려워라?"

"내 말은 고런 뜻이 아니여. 저 판이 누구나 다 덤벼들어 등짐만 지면 되는 줄 알지만 정작 속을 알고 보면 그것이 아니여. 즈그들끼리 패가 짜여 있어서 거기 못 끼면 쌀가마니에 손도 못 대는 것이야 오래된 일이고, 얼마 전에는 노동조합까지 생겼다는 것을 알아야 혀."

양치성은 신경에 확 불이 당기는 걸 느꼈다. 그러나 어눌한 척 물었다.

"노동조합이 뭣이다요?"

"저 막일꾼 놈들이 꼴사납게 신노동조합이란 것을 만들었단 말이시. 일거리 놓고 즈그들 패 잇속 챙기자는 것이제."

장칠문은 코웃음을 쳤다. 그 일을 하찮게 생각하는 것이 양치성은 오히려 다행스러웠다.

"그럼 나도 일거리를 얻자면 그 조합에 들어야겠소. 그 조합 사무실이 어디다요?"

"자네 꿈꾸나? 저런 놈들이 사무실은 무슨 사무실. 즈그들 떠도는 데가 사무실이제."

"허면, 그 조합을 꾸민 조합장은 있을 것인디, 그 사람이 누군지 아시오?"

"어허, 순사가 그리 헐 일 없는 사람인 줄 아능가? 그 조합이란 것이 즈그 놈들 잇속 챙길라고 패를 짠 것이랑게."

같은 말을 되풀이하는 장칠문의 목소리에는 짜증이 묻어 있었다.

혹시나 하고 기대를 했던 양치성은 약간 실망했다.

"알겄구만요. 어쨌거나 등짐을 지자면 그 조합을 찾아가야겄구만요."

"째보선창 쪽으로 가보소. 거기가 일꾼들 집합손께."

"야아, 알겄구만이라."

장칠문은 자전거에 올라탔다. 양치성은 '째보선창'을 수확으로 챙기고 있었다.

34

호랑이 아가리

정미소 창고 옆에 붙어 있는 미선소에는 긴 마룻바닥 가운데를 통로로 양쪽으로 두 줄씩, 여자들이 네 줄로 나란히 앉아 있었다. 여자들 앞에는 상이 하나씩 놓여 있는데, 그 상의 상판은 나무가 아니라 밑이 환히 내려다보이는 유리였다.

한 줄에 스물다섯씩, 제각기 상에 붙어 앉은 100명의 여자들은 함지박에 담긴 쌀을 조롱박으로 떠서 유리판에 부었다. 그리고 그 쌀을 한 움큼씩 상 위에 고르게 쫙 펼쳤다. 그런 다음, 손가락이 보이지 않을 만큼 재빠르게 돌은 돌대로, 싸라기는 싸라기대로, 피는 피대로 골라냈다.

미선소 안에는 두 남자가 어슬렁거렸다. 그들은 이리 기웃 저리

기웃하며 다 고른 쌀을 가마니에 담고, 새 쌀을 함지박에 붓는 일을 했다. 그들은 유리상 아래서 함지박을 끌어낼 때마다 귀에 꽂은 몽당연필을 뽑아 치부책에 '正(정)' 자를 만들어 나갔다. 그 두 사람을 여자들은 '십장'이라고 불렀다.

"48번, 일어나! 후딱 일어나서 아가리 짝 벌려!"

통로 중간쯤에서 어슬렁거리던 십장 하나가 느닷없이 고함을 질렀다.

수국이는 소리 없이 한숨을 내쉬었다. 누군가가 또 쌀을 몰래 입에 넣고 우물거리다가 들킨 것이었다.

뒷줄 오른쪽 구석 세 번째의 여자가 몸을 일으켰다.

"얼른 아가리 짝 벌려!"

십장의 우악스러운 손이 그 여자의 머리채를 낚아챘다.

"아닌디요, 아니랑게라…… 아니어라."

여자는 통로로 질질 끌려가며 울음으로 범벅된 소리를 토해 냈다.

"엄살떨지 말고 일어나!"

십장의 주먹이 여자의 볼을 후려쳤다. 여자가 비명을 지르며 주저앉았다.

"짝 벌려, 더!"

십장이 머리채를 마구 휘둘렀다. 여자의 입이 좀 더 벌어지면서 이빨이 드러났다. 십장의 손가락이 거침없이 여자의 윗입술을 밀어 올렸다. 이빨 사이에 쌀가루가 끼어 있었다.

"이년아, 이런 데도 쌀을 안 먹었어!"

증거를 잡은 십장이 자신에 넘쳐 말했다.

"잘못혔구만요. 하도 배가 고파서 싸라기를 쬐깨 먹었구만이라. 잘못혔구만요……."

여자는 두 손을 모아 정신없이 빌었다.

"싸라기는 쌀이 아니여? 싸라기 반쪽도 입에 넣으면 안 된다는 말 까먹었냐? 요런 도적년아!"

십장이 잡고 있던 머리채를 사정없이 뿌리쳤다. 여자가 마룻바 닥에 곤두박질쳤다.

"니년은 당장 끝장이여, 끝장!"

십장이 숨을 씩씩거리며 여자의 어깨며 허리를 마구 짓밟았다.

"잘못혔구만이라, 잘못혔구만이라……."

여자는 발길에 짓밟힐 때마다 절박한 소리를 되풀이했다.

"어떤 년이 또 참새 새끼질을 헌 것이여?"

저쪽에서 걸걸한 소리가 들려왔다. 십장 윗자리인 감독이었다.

"이년아, 쌍판 들어!"

십장이 여자의 턱을 치켜올렸다.

"허, 못난 쌍판에 미운 짓만 골라 가면서 허능구만! 당장에 몰 아내."

"아이고메 감독님, 나 좀 살려 주시게라."

여자가 울부짖으며 감독의 한쪽 다리를 붙들었다.

"감독님, 지가 안 벌면 애비 없는 우리 세끼들 다 굶어 죽으요. 다시는 안 그럴 것잉게 불쌍헌 우리 새끼들 생각혀서 나 좀 살려 주씨요오."

여자는 통곡하고 있었다.

"요런 미친년이!"

십장이 여자의 옆구리를 사정없이 걷어찼다. 여자의 몸이 들썩하더니 축 늘어졌다.

감독은 바짓가랑이를 툭툭 털고는 뒤도 돌아보지 않고 걸어갔다.

두 십장이 여자를 문밖으로 끌고 나가자 여자들 사이에서 긴 한숨 소리가 흘러나오고, 훌쩍거리는 소리가 들려왔다.

수국이도 소리 없이 울고 있었다.

그들이 금하는 것은 한두 가지가 아니었다. 일할 때 옆 사람하고 말을 해서는 안 되고, 일을 시작하면 점심때까지 밖으로 나갈 수 없고, 졸아서도 안 된다. 책임량을 채우지 못하면 일당이 절반으로 깎였다.

그런데 그들이 가장 엄하게 금하는 것이 쌀을 한 톨이라도 입에 넣어서는 안 된다는 것이었다. 그것을 어기면 인정사정없이 불벼락이 떨어졌다.

그런데 이상했다. 쌀을 입에 넣었다가 들켜 두들겨 맞고 쫓겨나는 꼴을 보면서도 사흘이 멀다 하고 그런 사람이 또 생겨났다. 그러나 수국이는 어느 순간 사람이 그렇게 될 수도 있다는 것을 깨달았다. 자신도 점심때가 한참 지나 속이 쓰릴 만큼 배가 고플 때면 불현듯 쌀을 한 입 가득 넣고 와득와득 씹고 싶은 충동에 휘말리곤 했다.

하지만 수국이는 하루 종일 쪼그려 앉아 쌀을 고르는 일이나, 쌀을 입에 넣고 싶은 유혹을 이겨 내는 것보다 더 견디기 어려운 일이 있었다. 날마다 받아야 하는 몸 조사였다.

몸 조사는 매일 일을 끝내고 미선소를 나가면서 받게 되어 있었다. 몸 조사는 감독이 도맡아했다. 여자들이 쌀을 옷 속에 감춰 가지고 간다고 하는 것이었다. 옷 속에 작은 주머니를 달아 쌀을 훔쳐 내는 여자들이 없지 않았던 것이다. 그 주머니를 찾아낸다는 명목으로 감독은 마음대로 여자들의 온몸을 더듬어 댔다.

"허, 인물 쌈빡허시!"

첫날 칸막이 방으로 들어서자 감독이 눈을 빛내며 불쑥 한 말이었다.

"어디 보드라고?"

감독의 손이 양쪽 겨드랑이를 더듬는가 싶더니 이내 젖가슴을 덮쳐 왔다. 수국이는 눈을 질끈 감으며 몸을 부르르 떨었다. 온몸

에 소름이 쭉 끼쳤다. 감독이 손을 떼자 수국이는 정신없이 문을
박차고 나왔다.

밖으로 나온 수국이는 눈물을 훔쳤다.

"울지 말어. 다 그리 사는 것잉게."

앞서 나와 있던 부안댁이 한숨을 내쉬며 수국이의 등을 다독
거렸다.

"아줌니……."

수국이는 창피스러움과 분함과 서러움이 복받쳐 올라 울음을
터뜨렸다.

"울지 말랑게. 울면 운 티가 날 것 아니라고? 엄니헌티 그 말 헐
참이여? 일 안 다니려면 오늘 당헌 일 얘기혀도 되겠제."

부안댁의 말에 울음이 뚝 멎었다. 그 이야기를 듣고 어머니가
일을 다니게 할 리 없었다.

"자네 맘 다 알어. 그래도 참아야제 어쩔 것이여?"

부안댁이 나직하게 말하며 수국이의 손을 꼭 잡았다.

"일이 누워서 콩떡 먹기보다 쉽당게. 재미지기도 허고 말이시."

수국이는 어머니에게 환하게 웃으며 말했다. 다행히 어머니는
더 묻지 않았다.

수국이는 날마다 칸막이 방에 들어가는 게 진저리 났다. 그러
나 그 일을 모면할 길은 없었다.

두 번째 그 일을 당하고 나와서 수국이는 눈물을 보일 수가 없었다. 부안댁도 아무 일 없었던 것처럼 모른 척했다. 매정하다 싶은 그 냉랭함이 수국이는 오히려 다행으로 여겨졌다.

그 끔찍한 일을 피하려면 한 가지 길밖에 없었다. 동생의 몸이 어서 나아야 했다. 동생은 하루 일을 나갔다가 닷새를 앓아눕는 식으로 어머니의 속을 태웠다. 수국이는 동생의 몸이 낫기를 고대했다. 몸 조사 때문만이 아니었다. 동생이 오래 앓게 되니까 서무룡이는 핑계 김에 마음 놓고 집을 드나들었다. 서무룡이는 대근이의 병문안을 오는 것 같지만 속셈은 그게 아니었다. 감독의 손아귀에서 벗어나고 서무룡이의 발길을 막으려면 동생이 어서 낫는 수밖에 없었다.

그런데 며칠 전에 새로운 일이 생겼다. 말로만 듣던 정미소 주인 아들을 감독의 방에서 맞닥뜨리게 된 것이었다.

칸막이 방으로 들어서니 감독 자리에 헌병이 버티고 앉아 있었고 감독은 그 옆에 엉거주춤 서 있었다. 그 헌병이 정미소 주인의 아들이라는 것을 수국이는 금방 알아챘다.

"와따, 요것이 무슨 꽃이다냐! 춘향이 환생 아니라고……?"

헌병이 의자에서 등을 떼며 토한 말이었다. 그는 백종두의 아들 백남일이었다.

"되았어, 그냥 나가."

백남일이 수국이에게 말했다. 그러나 겁에 질린 수국이는 그 말을 알아듣지 못했다.

"어이, 됐응게 그냥 나가라고."

그때서야 수국이는 자기한테 하는 말인 줄 알고 부리나케 밖으로 내달았다.

"춘향이 환생이여? 그냥 나가시드라고, 닌장맞을······."

다음 날 감독은 눈을 치뜨며 비아냥거리는 투로 말했다. 비틀리는 그의 입술에는 떫은 웃음이 묻어나고 있었다.

수국이는 주인 아들이 없는 것을 다행으로 생각하며 잽싸게 칸막이 방을 벗어났다.

해가 짧아져 밖은 어둑어둑했다.

"얼른 가세."

기다리고 있던 부안댁이 서둘러 발길을 옮겼다.

수국이는 부안댁과 함께 부지런히 큰길을 건넜다.

"어이, 방대근이가 니 동생이제?"

한 남자가 불쑥 앞을 막아섰다.

"그, 그런디요······."

수국이는 말을 더듬으며 남자를 바라보았다. 모르는 얼굴이었다.

"방대근이가 잡혀갔다. 니도 가자."

"야아? 무슨 일인디요?"

"가 보면 알어. 얼른 따라와!"

남자가 수국이의 팔을 잡아챘다.

수국이는 순간, 누군가 자기 뒤를 캐고 다니는 냄새가 난다고 한 지삼출을 떠올렸다.

우악스러운 힘에 끌려가면서 수국이는 지삼출이 잡혀간 것이라고 생각했다. 그런데 동생은 왜 잡아가고, 자기는 왜 또 잡아가는지 알 수가 없었다.

"아이고 어쩔거나, 이 일을 어쩔거나……."

부안댁은 끌려가는 수국이를 보며 발만 동동거렸다.

수국이는 어느 집으로 끌려 들어갔다. 경찰서나 헌병대가 아니었다.

"여기가 어디다요!"

"잔말 말고 따라와. 느그 동생이 기다리고 있응게."

남자가 거칠게 팔을 잡아챘다.

수국이는 좁고 긴 마루를 지나 어느 방으로 떠밀려 들어갔다.

"어메 엄니!"

수국이는 소스라쳤다. 눈앞에서 웃고 있는 것은 대근이가 아니라 정미소 주인 아들이었다.

속았다는 생각이 번뜩 스쳤다. 수국이는 다급하게 돌아서며 문을 밀쳤다.

"꼼지락 말어!"

문이 미처 열리기도 전에 남자의 손이 어깨를 덮쳐 왔다.

"아이고메 사람⋯⋯!"

수국이는 목이 찢어져라 소리를 질렀다. 그러나 백남일은 재빨리 수국이의 입을 틀어막았다. 수국이는 입을 막은 손을 떼내려하면서 발버둥을 쳤다.

"오냐, 내 말만 들어. 춘향이보다 더 호강시켜 줄 팅게."

백남일은 벙글거렸다.

"아야얏!"

백남일이 소리쳤다. 수국이가 그의 손을 물어뜯은 것이다. 수국이는 입을 떼며 백남일을 떠다밀었다. 백남일이 뒤로 벌렁 넘어갔다.

"아이고메, 사람 죽이네에!"

수국이는 목청껏 외쳐 대며 문 쪽으로 내달았다.

"요런 죽일 년이!"

문밖으로 한 발을 내딛는 수국이를 백남일이 덮쳤다. 수국이는 더 소리를 지를 수 없었다. 백남일이 머리채를 잡아채는 바람에 고개가 뒤로 넘어갔던 것이다. 화가 치솟은 백남일은 머리채를 사정없이 잡아끌었다. 수국이는 더 버둥거리지를 못하고 질질 끌릴 수밖에 없었다.

"어디 또 물어뜯어 봐라!"

독이 시퍼렇게 오른 백남일이 수국이의 얼굴을 후려쳤다. 수국이는 그대로 무너졌다.

백남일은 서둘러 방문을 닫았다. 그의 손가락 사이에 끼어 있던 머리카락이 다다미방 바닥에 떨어져 내렸다.

"인제 니는 내 것잉게 딴 생각 말어. 니가 아무리 숨길라고 혀도 아무 소용없어. 낼이면 소문이 쫙악 퍼질 것잉게."

눈을 거슴츠레하게 뜬 백남일이 느물느물 말했다.

수국이는 가슴이 내려앉았다.

먼동이 터 오는 새벽 추위가 살 속을 파고들었다. 수국이는 마구 뛰었다. 그 남자가 머리채를 잡아챌 것만 같았다.

수국이는 눈물과 함께 어머니를 부르는 소리가 저절로 솟았다.

수국이는 집 앞에서 머뭇거렸다. 어머니를 대하기가 무서웠다. 그러나 또 못 견디게 어머니가 보고 싶었다. 수국이는 울음을 추스르며 거적문을 들었다.

"누구여? 수국이냐!"

수국이는 섬찟했다. 잠기라고는 전혀 없는 어머니의 목소리였다. 수국이는 그만 돌아서서 도망치고 싶었다.

그때 어머니가 뛰어나왔다.

"수국아, 니……"

감골댁은 말을 잇지 못하고 굳어지고 있었다. 딸의 어지러운 몰골에서 모든 것을 알아차렸던 것이다.

"엄니이……."

수국이는 어머니 품으로 달려들었다. 감골댁은 울음이 터지는 딸을 힘껏 보듬었다.

"니…… 니…… 일 당혔지야?"

딸의 헝클어진 머리카락에 얼굴을 비비대며 감골댁은 울음으로 막히는 목소리를 힘겹게 밀어내고 있었다.

"어엄니이…… 어엄니이……."

흐느낌이 격렬해지며 수국이는 어머니의 가슴을 더 파고들었다. 감골댁은 눈물이 쏟아지고 말았다.

"그놈이 누구냐? 부안댁 짐작대로 정미소집 아들이 맞냐?"

감골댁은 숨길이 거칠어지며 물었다. 울음을 걷잡지 못하며 수국이는 고개만 끄덕였다.

"그려…… 일이 결국 그리되았구만. 늑대 아가리 피해 야반도주해 왔더니 호랭이 아가리가 기다리고 있었구나. 그런 오사육시를 헐 눔!"

감골댁은 부르르 떨며 이빨을 뿌드득 갈았다.

"되았다. 그만 울고 들어가자. 우선 대근이는 눈치 못 채게 허고."

감골댁은 팔 아름을 풀며 딸을 부축했다.

밖에 귀를 기울이고 있던 방대근이는 후닥닥 잠자리로 돌아가누웠다. 그러나 가슴에서는 천둥이 울리고 푸른 불꽃이 번득거렸다. 정미소집 아들놈을 당장 때려죽이고 싶은 증오로 온몸이 불덩어리가 되고 있었다. 그는 주먹을 말아 쥐며 당장 뛰쳐나가고 싶은 충동을 가까스로 억누르고 있었다.

어제저녁 부안댁의 말을 듣고 누나를 찾으러 나섰을 때부터 그런 변고를 예상했다. 군산 바다를 다 뒤지다시피 하면서, 그리고 헛걸음하고 집으로 돌아오면서 그놈이 누구든지 가만두지 않겠다는 마음은 이미 굳어 있었다.

날이 밝아 사람들 오가는 소리가 들리자 방대근은 잠자리에서 일어났다. 누나는 한쪽에 잠들어 있었다.

아침밥을 하고 있던 감골댁은 걱정스런 얼굴로 들어서는 부안댁을 눈짓 손짓해 가며 밖으로 밀어냈다.

"새벽에 왔는디, 그놈이 맞네."

감골댁의 말은 차고 짧았다.

"아이고 어쩔거나……."

"우선 입 봉해 두소."

지삼출과 무주댁이 찾아들었을 때도 감골댁은 그들을 밖으로 밀어냈다.

"그런 개자식……!"

지삼출은 울컥 터져 나오는 말을 여기서 뚝 끊었다.

수국이의 자리가 비어 있는 미선소에는 벌써 그 소문이 다 퍼져 있었다.

지삼출은 점심나절까지 일손이 잡히지 않았다. 행여나 하며 대근이를 기다리느라 자꾸 한눈을 팔았다. 그러나 대근이는 점심때가 되도록 오지 않았다.

지삼출은 대근이가 꼭 무슨 일을 저지를 것만 같아 불안했다. 대근이는 아침에 공사판으로 나오는 길에 어디를 잠깐 들렀다 가겠다고 했다. 그때 무심코 지나친 게 잘못이었다. 그때만 해도 감골댁 말대로 대근이가 그 일을 모르고 있는 줄 알았다. 그러나 곰곰이 생각해 보니 대근이는 다 알면서 모르는 척한 것이었다.

이런 생각이 들자 지삼출은 더 불안해졌다. 만약 대근이 혼자 그놈을 상대한다면 꽤나 위태로운 일이었다.

"무슨 근심 있으신게라?"

줄곧 지삼출의 눈치를 살피던 서무룡이 입을 뗐다.

"아니, 별일 아니여."

서무룡이가 알아서는 일이 불붙듯 할 것이 뻔해서 가볍게 웃어 보이기까지 하며 시침을 뗐다. 서무룡이는 수국이를 너무 좋아하고 있었다.

지삼출은 오후 일을 작파하고 대근이를 찾아 나서지 않을 수 없었다.

방대근은 종일 백남일 뒤를 밟고 있었다. 백남일은 미행당하는 줄도 모르고 목욕탕에서 나와 바로 여관으로 갔다.

방대근은 여관 샛골목 귀퉁이에서 여관 문을 지키고 있었다. 목욕탕도 여관도 그에게는 생소한 곳이었다. 그런 것들은 일본 사람들이 몰려들면서 생겨났고, 일본 사람들만 드나드는 곳인 줄 알았다. 그런데 백남일 같은 조선 놈도 거침없이 드나들고 있었다.

방대근은 여관에서 나온 백남일의 뒤를 일정한 간격을 두고 따라갔다. 그런 방대근의 모습이 마침내 지삼출의 눈에 잡혔다. 지삼출은 대근이를 찾은 순간, 안도의 숨을 내쉬었다. 그리고 멀찍이 떨어져 몸을 숨겼다. 대근이를 보호할 생각이었다. 그놈을 노리고 있는 대근이를 말릴 생각은 없었다. 말린다고 들을 대근이도 아니었다.

사방이 어둑어둑해져서 헌병대에서 나온 백남일은 자전거를 느리게 몰고 있었다. 방대근이 빠른 걸음으로 뒤따랐고 지삼출은 그 뒤를 따랐다.

백남일은 큰길에서 벗어나 골목으로 꺾어 들었다. 방대근은 마구 뛰기 시작했다. 백남일이 사라진 골목으로 급하게 꺾어 돌던 방대근은 흠칫 놀라며 몸을 숨겼다.

백남일을 놓칠까 봐 빨리 뛰었는데 백남일은 바로 눈앞에서 자전거를 내리고 있었다.

방대근은 대문이 닫히는 소리를 들으며 막힌 숨을 토해 냈다. 그리고 천천히 걸어 그 집 앞으로 갔다. 대문 문패에 쓰인 이름은 백종두였다.

그때 누군가 골목으로 들어서는 인기척이 들렸다. 방대근은 반사적으로 고개를 돌렸다.

"아니……!"

방대근은 너무나 놀랐다. 다가오는 사람은 지삼출이었다.

"이 집으로 들어갔는갑제?"

지삼출이 대문을 흘낏 살피며 혼잣말하듯 했다. 그 한마디에 자신의 속셈이 다 들통 났다는 것을 방대근은 깨달았다. 당황스럽고 난감해서 아무 대꾸도 할 수 없었다.

"가자, 오늘은 글렀응게."

지삼출이 나직하게 말하며 방대근의 어깨를 감싸 잡았다. 방대근은 어깨를 미는 지삼출의 지긋한 힘을 느끼며 걸음을 떼어 놓았다. 방대근은 언제나 지삼출의 말을 거역할 수가 없었다. 늘 감싸고 돌보아 주는 그가 큰형님 같았고 때로는 아버지 같기도 했던 것이다.

"니 혼자서는 위태허다. 뒷일도 생각혀야 허고."

골목을 벗어나며 지삼출이 말했다.

"엄니는 내가 모르는 줄 아는디요."

어머니에게 비밀을 지키라는 말을 방대근은 이렇게 했다.

"알겄다. 아무도 모르는 것이 좋제."

지삼출은 방대근의 어깨를 감싸 잡은 팔에 힘을 주었다. 방대근은 그때까지 손에 쥐고 있던 돌을 슬그머니 놓아 버렸다.

저녁을 먹은 지삼출은 손판석을 찾아갔다. 그동안 하루도 거르지 않은 병문안이었다. 그러나 오늘은 어느 때 없이 마음이 무거웠다. 다른 날과는 달리 병문안이 아닌 까닭이었다.

"그 일을 어찌해야 헝고?"

얼굴이 수척한 손판석이 먼저 입을 열었다.

"고것이 예삿일이 아니구마. 그놈을 해치울라고 대근이가 나섰단 말이시."

"뭣이여? 일 저질러 부렀능가?"

"아직 아니여. 허나 며칠 새로 원수야 꼭 갚겄제."

"그리되면 일이 커지는디?"

"긍게 말이시. 대근이 혼자 심으로 될 일이 아닝게 나도 나서야 되겄단 말이시."

"그럼 나는 어쩌고?"

손판석은 혼자 남겨진다는 것을 직감했다.

"자네는 다리나 어서 낫도록 허소. 뒷일은 내가 다 알아서 헐 것잉게."

지삼출이 손판석의 손을 잡았다.

"그려…… 고런 놈 첩으로 살 수야 없는 일이제. 고런 놈은 죽여야 혀."

손판석이 뿌드득 이를 갈았다.

"일이 되는 대로 뜰 것잉게 그리 알고 있으소."

지삼출은 목소리를 더욱 낮추었다.

"알겄구마. 그나저나 요놈의 다리가 어찌 될지 모르겄당게. 이대로 병신 되면 어쩔까?"

손판석이 또 뻣뻣하게 뻗친 다리를 붙들며 얼굴이 어두워졌다.

"그런 걱정 말고 맘 강단지게 먹소. 자네야 원체 몸이 실헝게 아무 탈 없을 것이구마."

지삼출은 또 비슷한 위로를 했다. 그러나 속으로는 걱정이었다. 누구나 부러진 다리가 제대로 낫기는 어려웠다. 손판석만 대하면 그때 패싸움을 벌인 게 자꾸 후회로 곱씹히고는 했다. 그러나 패싸움의 효과는 여러모로 컸다. 중국 노동자들이 함부로 얼씬거리지 못했고, 조선 노동자들도 서로 힘을 합치게 되었다.

몸을 사리지 않고 싸운 손판석은 그 싸움의 공로자였다. 한 차례 다녀간 공허 스님도 손판석이 다친 것을 안타까워하면서도 그 공은 장하게 생각했다.

"아그들 눈치 못 채게 뜰 채비혀 두소. 닐 아침에 감골댁헌티도

196

살짝 귀띔해 두고."

지삼출은 아내에게 군산을 떠야 할 사정을 설명했다. 무주댁은 잠자코 있기만 했다. 수국이 일 때문만이 아니라 남편이 뒷조사를 당하고 있다는 데는 아무 할 말이 없었다.

감골댁은 수국이의 허리에 묶은 끈을 손목에 감아 잡은 채 앉아서 꾸벅꾸벅 졸고 있었다. 그러다가 수국이가 조금만 몸을 움직이면 화들짝 놀라 눈을 뜨고는 했다.

감골댁은 딸이 신세를 망친 것이 생각할수록 기가 막혔다. 큰딸 보름이는 겨우겨우 지켜 냈고, 작은딸 정분이는 별로 눈에 안 띄는 인물이라 별일 없이 시집을 보냈다. 그런데 결국 막내딸은 지켜 내지 못하고 만 것이다.

수국이는 자는 척하면서 마음의 갈피를 잡지 못하고 있었다. 죽어야 한다는 생각을 하면서도 또 딴생각이 엇갈렸다. 기왕 망친 몸 어머니하고 동생이나 편히 살게 할까 하는 생각이었다. 그러나 그 생각을 하면 짐승 같은 그놈이 떠올라 몸서리가 쳐지고, 또 죽을 생각을 했다. 그렇지만 죽게 되면 어머니의 가슴에 못을 박게 되고……, 그런 못할 짓을 하느니 차라리……. 수국이는 결말을 낼 수 없는 생각의 쳇바퀴만 돌리며 속울음을 울고 있었다.

다음 날 점심 무렵에 한 남자가 감골댁을 찾아왔다.

"수국이가 딸이오?"

"근디요. 누구다요?"

감골댁은 그 남자를 경계했다.

"나 미선소 감독이오. 뫼시고 갈랑게 얼른 나오라고 허씨요."

남자의 어투는 불손하기 짝이 없었다.

"가기는 어딜 가!"

순간적으로 감골댁의 눈빛이 변하며 반말이 터져 나갔다.

"다 알면서 뭘 그러요? 우리 주인이 데리고 오라고 허요. 인제 이 집 식구들 다 팔자 피게 생겼소. 얼른 데리고 나오씨요."

"뭣이여 이놈아! 느그들이 사람이여!"

감골댁이 부르르 떨며 소리쳤다. 그리고 다급하게 거적문을 들치고 집 안으로 들어갔다. 감골댁의 몸놀림은 마치 젊은 사람처럼 재빨랐다. 거적문을 들치면 바로 부엌이었다.

감골댁은 눈에 띄는 대로 부지깽이를 집어 들었다. 그러나 마음에 차지 않아 내팽개쳤다. 감골댁은 눈을 번뜩이며 여기저기를 살폈다. 도마와 함께 칼이 눈에 들어왔다. 감골댁은 칼을 집어 들었다.

"이놈아, 니 잘 왔다. 니놈 배때지부터 갈라야겄다!"

칼을 꼬나 잡은 감골댁이 거적문을 제치고 뛰쳐나오며 외쳤다. 감골댁의 눈에는 파란 불이 켜져 있었다.

"아니, 어째 이러시오? 딸 망친 놈은 따로 있는디 어째 이런당

198

게라?"

당황한 감독은 뒷걸음질 치고 있었다.

"이놈아, 니 죽고 나 죽자!"

감골댁은 곧 칼을 휘두를 기세로 감독에게 덤벼들었다.

해거름이 되어 서무룡이 방대근의 집을 찾아왔다. 방대근이가 공사장에 안 나온 것은 그러려니 했지만 지삼출까지 나오지 않아 하루 종일 마음이 뒤숭숭했던 것이다. 그는 방대근의 집에 들어가지 못하고 발길을 돌렸다. 방대근이가 집에 없었고, 감골댁의 기색도 평소와는 너무 달랐다. 자신이 모르는 무슨 일이 벌어지고 있음을 그는 알아차렸다. 그는 지삼출의 집으로 갔다. 지삼출도 그의 아내도 없고 두 아이만 거적 깔린 방에서 놀고 있었다.

"곱단아, 감골댁 집에 무슨 일 났지야?"

"이, 사람들이 그러는디 수국이 언니가 신세 망쳤디야, 정미소 아들헌티."

"뭣이여! 수국이가……."

서무룡은 머리가 쿵 울렸다. 그의 툭 불거진 눈에 살기가 뻗쳤다. 그는 손판석의 집으로 달려갔다.

한편 지삼출과 방대근은 어둠 속에 몸을 감추고 떡으로 저녁을 때우고 있었다. 온종일 백남일의 뒤를 밟다가 어두워지면서 술집까지 따라온 것이었다.

"술 처먹는 것이 아주 잘되았소."

방대근이가 추위에 떨며 속삭였다.

"그려, 한주먹감이제."

지삼출이 떡을 삼키며 대꾸했다.

백남일은 밤이 깊어서야 술집에서 나왔다. 그는 미선소 감독과 함께 비틀거리며 골목을 걸었다.

"내가 허는 말 알겠제? 내일은 무슨 수를 써서라도 끝내란 말이여."

"야아, 아무 걱정 마시랑게요. 내일은 떡허니 데려오겄소."

두 사람의 혀 꼬부라진 말이었다.

미선소 감독과 헤어진 백남일은 비틀거리며 혼자 걷고 있었다. 밤늦은 길에는 오가는 사람이 드물었다. 한참을 걷던 백남일이 어느 골목으로 접어들더니 전봇대 앞에서 바지 단추를 끌렀다. 그때 누군가 그의 뒷덜미를 낚아챘다.

"요런 죽일 놈아, 니가

우리 누나 신세를 망쳐 놨지야!"

"어! 그것이 아니고……."

방대근의 주먹이 백남일의 얼굴을 후려쳤다. 백남일은 비명도 못 지르고 푹 고꾸라졌다. 방대근의 손아귀에는 뾰족한 돌이 쥐어져 있었다. 방대근의 주먹은 연거푸 백남일의 얼굴을 내려쳤다. 백남일은 저항 한 번 못하고 나가 뻗었다. 방대근은 그것으로 끝내지 않고 백남일의 사타구니를 마구 걷어찼다.

"아서, 죽이지는 말어. 그만혀."

지켜보고만 있던 지삼출이 방대근을 잡아끌었다.

그들은 한달음에 집으로 돌아왔다.

"나만 두고 가는 것 아니제?"

손판석이 절박하게 물었다.

"나를 못 믿능가? 자네는 그저 모른 척허소."

지삼출이 손판석의 손을 잡았다 놓았다.

지삼출네와 방대근네는 밤길을 잡았다. 매서운 바람이 들녘을 달리고 있었다.

35

파장과 진동

양치성은 뒤늦게 허방 짚은 것을 알았다. 백남일의 얼굴을 그렇게 떡을 만들어 놓고 도망간 것은 바로 지삼출이라는 자였다. 헌병을 그 지경으로 두들겨 패고 재빨리 자취를 감춘 그 배짱이며 민첩성을 생각할수록 그놈이 의병이라는 심증이 굳어졌다.

지삼출을 처음 보았을 때에도 직감적으로 의심이 들었다. 그자의 눈은 생기를 띠고 있었고, 얼굴은 어떤 무게감과 함께 반항적으로 보여 막노동꾼들과는 달랐다. 그런데도 그자를 곧바로 잡지 않은 것은 시간을 두고 줄기와 뿌리를 송두리째 뽑기 위해서였다.

그런데 예기치 못한 일이 터지고 말았다. 백남일이라는 자는 헌병 옷을 입었을 때부터 별로 신통치 않게 여겨 왔는데 결국 그런 빙충맞은 짓을 저질러 중대한 일을 망치고 말았다.

양치성은 백남일에게 미움을 넘어 증오까지 느꼈다. 하야가와의 그 지시는 첫 번째 시험이었다. 그 문제를 해결해 자신의 능력을 입증할 작정이었는데 백남일이 느닷없이 똥칠을 한 것이었다.

이제 남은 일은 하야가와에게 결과를 보고하는 것이었다. 양치성은 모든 책임을 백남일에게 떠넘기기로 했다.

"헌병 제복을 입고 그런 짓을 하는 건 대일본 제국의 위신을 더럽히는 것이며, 거룩하신 천황 폐하께 불충을 저지르는 일이라고 사료됩니다."

양치성은 몇 번이고 연습했던 이 말을 하야가와 앞에 내놓았다.

하야가와가 얼굴을 심하게 찡그렸다.

"자네 말이 맞네. 그런 자들은 현직에서 몰아내야 돼. 그런 작자들 때문에 우리가 민심을 잃어서야 될 일인가!"

"예, 지당한 말씀이십니다."

양치성은 절도 있게 허리를 반으로 굽혔다. 그러면서 자신이 목적한 과녁에 화살이 명중되는 짜릿한 쾌감을 맛보고 있었다.

"자넨 역시 판단력이 정확해."

하야가와는 만족스러운 얼굴로 고개를 끄덕이고는, "헌데, 도망간 놈들 말고는 의병 잔당이 더 없을까?" 하고 허점을 찌르듯 말

머리를 급히 돌렸다.

"예, 그놈들뿐일 리는 없을 것 같습니다. 계속 찾고 있으니 조금만 여유를 주십시오."

양치성은 엉겁결에 말을 꾸며 댔다. 그러나 이미 그런 생각을 하고 있던 터라 당황하지는 않았다.

"그래, 한번 시작한 일이니까 뿌리를 뽑아야지."

하야가와는 자리를 털고 일어났다.

양치성은 뿌듯하면서도 홀가분한 기분에 이끌려 경찰서로 가벼운 발걸음을 옮겼다.

"뛰는 호랑이 눈썹도 뽑고, 날아가는 새 똥구녕도 맞힌다는 헌병대가 어째서 여태 그놈들을 못 잡고 있다요? 헌병대가 아무 꼬투리도 못 잡아서야 어디 낯이 서겄소?"

양치성은 일삼아 장칠문의 심통을 긁었다.

"이, 자네 말이 맞네. 헌병대가 체면 차릴라고 엉뚱헌 놈을 잡아들였당게로."

장칠문이 코웃음을 쳤다.

"그놈 이름 아시오?"

"서 머시기라고 허등가? 듣자니 그놈이 그 처녀를 좋아했다등마. 헌병대서는 그놈헌티 죄를 뒤집어씌우려고 허는가 본디, 애맨 사람 하나 잡는 것 아니라고? 백남일이 지를 팬 네댓 놈 중에 하나가 그놈이라고 헸으니 그놈이야 꼼지락 달싹 못허고 황천길로 가게 생겼제.”

“백남일이는 그날 밤에 술이 취했다면서 어찌 그 사람 얼굴을 기억헌다요? 그리고 백남일이가 당헌 고샅은 캄캄했을 것 아니겄소?”

“그렇기도 헌디, 다 소용 없어. 초록은 동색이라고 헌병대가 누구 편 들겄어?”

“백남일이는 좀 어때요?”

양치성은 새로운 정보를 얻고도 또 다른 정보를 탐하고 있었다.

“그놈이 사타구니를 어찌나 심허게 차였는지 팅팅 부어올랐드랑게.”

장칠문의 입가에 차가운 비웃음이 어렸다.

“눈 다친 것은 어찌 된다드랑게라.”

“이, 그 덕에 그 사람 일본 구경허게 생겼등마.”

“일본 구경이오?”

“여기서는 못 고치니까 외눈깔 안 될라면 일본 아니라 아라사라도 가야지 어쩌겄어?”

이것은 또 새로운 정보였다.

“언제 일본으로 간다등게라?”

“하루가 급헌디, 사타구니가 팅팅 부어올랐으니, 그 급헌 불부터 꺼야제."

"헌병대에서는 그 사람보고 무슨 말 없다요?"

"의병 잡으려다 그리된 것도 아닌디 좋아헐 리 있었어? 인제 그놈도 한 팔 떨어져 나간 신세여. 헌병 노릇 다시 해 먹기는 어려울 것잉게, 보잘것없는 허깨비 신세여."

장칠문은 '그 사람'을 '그놈'으로 바꿔 가며 적대감을 드러냈다.

"헌병 노릇 못헌다고 허깨비 신세야 되겠소? 정미소다 미선소다 그 재산이 얼마라고?"

양치성은 그의 허풍스런 과장을 꼬집었다.

"어허, 우리도 곧 정미소고 미선소고 차릴 참이여."

"야아? 무슨 소리다요?"

양치성은 너무나 놀랐다.

"어찌 그리 놀라는가? 자네도 우리 집안을 얕본 모양이제?"

장칠문이 눈꼬리를 고약하게 세우며 양치성을 노려보았다.

"아니구만이라. 뜬금없는 소리라 놀랐구만요."

양치성은 서둘러 변명했다. 장칠문의 아버지 장덕풍이 요령껏 돈벌이를 했다는 것은 알고 있었지만 그렇게까지 돈이 많을 줄은 상상하지 못했던 것이다.

한편 서무룡은 막다른 골목에 몰려 있었다. 그는 이제 목숨을 거의 포기한 상태였다. 결백을 주장할수록 매질만 심해질 뿐이었다.

서무룡은 그날 정신없이 대근이네 집으로 내달은 것을 수없이 후회했다. 수국이가 어떤 놈한테 당했다는 것을 알고, 오로지 그놈을 죽이고 말겠다는 생각으로 지삼출과 대근이를 찾아 헤맸다. 그리고 다시 수국이네 집으로 치달았다.

그런데 수국이의 집에도 지삼출의 집에도 사람의 자취라고는 없었다. 손판석을 찾아가면 밤새 무슨 일이 벌어졌는지 알 것 같아 지삼출의 집을 뛰쳐나왔다. 그때 총구멍이 앞을 가로막았고, 몸을 피할 겨를도 없이 개머리판에 턱을 얻어맞고 정신을 잃었다.

그는 꼼짝 못하고 헌병대로 끌려갔다가 다시 병원으로 끌려갔다.

"맞어, 저놈이여. 네댓 놈 중에 저놈도 있었어!"

얼굴에 붕대를 감아 돌려 누구인지 알아볼 수 없는 놈이 내뱉은 말이었다.

그때서야 자신이 공범자라는 누명을 쓰게 되었다는 것을 알아차렸다.

헌병대에서는 지삼출이하고 방대근이가 어디로 도망갔는지 대라고 두들겨 팼다.

헌병대를 벗어날 길이 없었다. 수국이를 망친 그놈의 말 한마디가 바로 목을 달아매는 동아줄이었다. 그 한마디 앞에서 자신의 결백은 송두리째 거짓말이 될 뿐이었다. 그놈이 어째서 그런 거짓

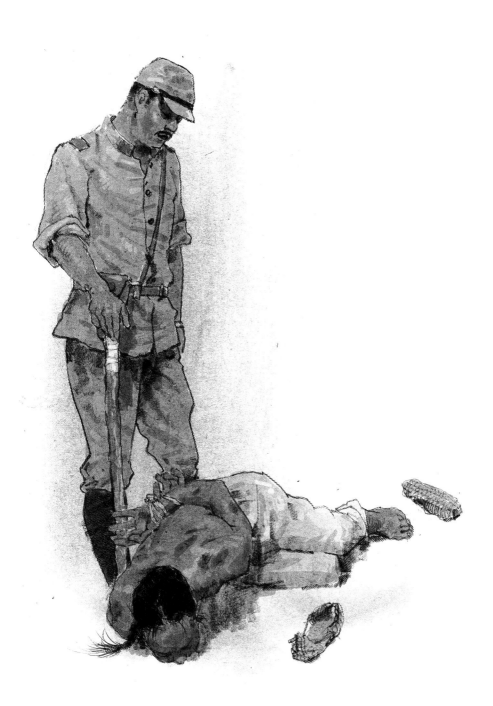

말을 했는지 도무지 알 수가 없었다.

서무룡은 유치장을 탈출할 생각에 골몰했다. 그것만이 살아남는 유일한 길이었다.

백남일은 서무룡이 자기를 해친 자가 아님을 뻔히 알고 있었다. 그러나 전날 동료들에게 둘에게 당했다고 하기는 창피해 네댓 명이라고 했던 말을 맞추기 위해 서무룡을 공범자로 지목하고 말았다.

"내가 그 짓을 혔으면 진작 도망갔제 왜 남아 있었겠소?"

서무룡은 매질을 당하면서도 이 말을 피를 토하듯 외쳐댔다.

그 말이 통했는지 이틀이 지나 서무룡이는 헌병대에서 풀려났다. 풀려난 뒤에도 어젯밤에 겪은 일이 꿈인지 생시인지 모르게 혼란스러웠다.

어젯밤, 잠을 자다가 뒤로 쇠고랑이 채워져 헌병대를 나갔다. 한참을 걸어 해변에 이르렀다.

'여기서 총살시키려는 것인가⋯⋯.'

홀로 살다가 돌아가신 어머니의 얼굴이 떠오르면서 눈물이 흘러내렸다.

그는 곧 배에 떠밀려 올라갔다. 삐그덕삐그덕 노 젓는 소리를 듣던 그는 죽는 것이 너무 원통했다.

노 젓는 소리가 멎고 헌병들이 다리와 몸통을 묶으려 들었다.

그는 소리소리 지르며 발버둥쳤다.

"서무룡, 끝판인디 헐 말 있으면 혀."

나직한 조선말이었다.

서무룡은 눈을 부릅떴다. 그러나 어둠에 묻힌 그 사람의 얼굴은 알아볼 수 없었다.

"나는 너무 원통허요. 죄진 것이 없는디 죽이는 법이 어디 있다요? 나 좀 살려 줏씨요."

"죄진 것이 없응게 살려 달라고?"

"야아, 살려만 주시면 그 은공 평생 갚겠구만이라. 무슨 짓을 혀서라도 갚겠구만이라."

"그 말을 어떻게 믿어?"

"그리 안 허면 그때 가서 죽이씨요."

"참말로 시키는 일은 다 허겄어?"

"하먼이라, 하먼이라."

그 목소리가 뭐라고 일본말을 했다. 그러자 헌병들이 우르르 달려들었다. 몸이 번쩍 들렸다.

"아이고메, 살려 줏씨요. 죽어도 맘 안 변헐 것잉게 살려 줏씨요오!"

목이 터져라 소리 질렀지만 그대로 바닷물에 내던져지고 말았다. 손도 발도 움직일 수 없는 채 몸이 가라앉고 있었다. 짠물이

왈칵 밀어닥치며 숨이 막혔다. 그리고 기억이 없었다.

정신을 차려 보니 다시 배 위에 누워 있었다.

"살려 주면 무슨 일이든 다 헌다고?"

"야아, 똥도 먹겠당게라."

"되았어, 니를 살려 주었다."

서무룡은 그동안 있었던 일을 발설하지 않겠다는 약조가 쓰인 종이에 손도장을 누르고 헌병대에서 풀려났다. 하지만 두려움에 짓눌려 살아났다는 기쁨을 느낄 수 없었다. 쥐도 새도 모르게 죽을 수 있다는 게 두려웠고, 앞으로 무슨 일을 시킬지 두려웠다.

"서무룡 씨, 배고프제라? 갑시다, 밥 먹으러."

서무룡은 화들짝 놀랐다. 뒤에서 들리는 목소리는 어젯밤 그 목소리였다.

"아니……."

서무룡은 그 사람을 보는 순간 또 놀랐다. 그 사람은 자기 또래밖에 되지 않았고, 키도 크지 않았으며, 곱상하게 생긴 얼굴은 부드럽게 웃고 있었다.

"저기 밥맛이 좋은 데가 있소."

그 사람은 여전히 부드럽게 웃는 얼굴로 말했다. 그러나 서무룡은 웃어지지 않았다. 서무룡은 그 사람에게 끌려가듯 걸음을 옮길 수밖에 없었다.

"나 양치성이라고 허요. 맘 편히 먹으시오."

음식점 구석방에 자리 잡자 그 남자가 말했다.

"야아, 지는 서무룡이……."

얼떨결에 이름을 대던 서무룡은 말꼬리를 흐렸다. 상대방은 이미 자신의 모든 것을 알고 있으리라는 생각이 들었던 것이다.

"백남일이란 사람을 잘 아요?"

"아니구만이라. 요번에 말로만 들었제 얼굴도 모르는디요."

헌병대에서 물었던 것과 똑같았다. 서무룡은 잔뜩 긴장했다.

"수국이란 색시허고는 서로가 좋아라 허고 지냈소?"

"……그런 셈이제라."

이건 헌병대에서 묻던 말이 아니었다. 솔직하게, 저 혼자 김칫국 마신 것이제라, 하려다가 말을 바꾸었다. 창피스러워 그렇게 대답하고 싶지 않았다.

"얼마나 좋아했소?"

"장가들고 싶었지라."

"백남일이를 죽이고 싶었지라?"

서무룡은 가슴이 섬뜩해졌다. 이 양치성이라는 사람은 헌병들보다 더 날카롭게 사람의 마음을 꿰뚫는다는 생각이 들었다.

"속에서 천불이 나도 엎어진 물인디라……."

서무룡은 다시 조사를 받는 느낌이 들어 어물어물 마음을 감추려 했다.

"장가들라고 맘먹은 짝을 망친 놈을 죽일 생각이 없다면야 사내자식이 아니오. 근디 백남일이는 인제 안 죽여도 되게 생겼소. 못된 짓 헌 죄로 빙신이 되게 생겼응게. 그리고, 당신은 앞으로 중헌 일을 헐 것잉게 백남일이 일은 싹 잊어야 허요. 그럴 수 있겄소?"

양치성은 정색을 하고 물었다. 서무룡은 어젯밤 약속이 퍼뜩 떠올랐다. 그리고 바닷물로 내던져지던 공포가 몰려들었다.

"야아, 시키는 대로 허제라."

서무룡은 상대방의 매운 눈길에 주눅 들며 고개를 끄덕거렸다.

"시키는 일만 제대로 허면 팔자가 필 것이오. 앞으로 노동조합에 든 사람 중에서 누가 의병을 했는지 골라내시오."

양치성은 목소리를 한껏 낮추었다.

"의병질허든 놈들이라? 그러제라."

서무룡은 가볍게 대답했다. 예상보다 어려운 일이 아니었다.

"자, 요것 받으시오."

"요것이 뭣이다요?"

"돈이오. 일을 허자면 더러 술도 먹어야 헐 것잉게."

"……"

"요번 일만 잘허면 막일 안 허고 편이 살게 해 줄 팅게."

서무룡은 양치성과 헤어져 뒷골목을 찾아들었다. 아까 받은 봉투를 찢었다. 거기서 나온 돈은 20원이었다. 서무룡은 믿을 수가 없어 다시 세어 보았다. 틀림없이 20원이었다. 서무룡은 돈을 재빨리 주머니에 감추며 사방을 두리번거렸다.

서무룡은 뒷골목을 벗어나 큰길까지 나오면서도 가슴이 벌떡거렸다. 꿈같은 일이었다. 그렇게 큰 목돈은 만져 본 적도 없었다.

서무룡은 눈앞이 훤히 열리는 기분이었고, 세상이 뒤바뀐 느낌이었다.

그는 수국이를 호강시켜 가며 알뜰살뜰 살고 싶은 욕심이 불현듯 강하게 일어났다. 그는 손판석의 집으로 발길을 서둘렀다.

"허허, 자네가 생고생을 했네그려. 그래도 풀려났으니 얼마나 다행인가? 쯧쯧쯧……."

그동안 겪었던 서무룡의 이야기를 듣고 손판석은 못내 안쓰러워했다.

그러나 서무룡은 자신이 겪은 일을 다 이야기하지는 않았다.

"인제 내가 수국이를 찾어야겄는디, 어디로 갔는지 가르쳐 주시게라."

"나도 모르는구마. 나도 수국이가 당했다는 대목까지만 알았제 그리 일 저지르고 급작시리 뜰 줄이야 몰랐당게."

손판석도 한 가닥은 접고 말했다.

서무룡은 어깨를 늘어뜨리며 한숨을 토해 냈다.

감골댁은 잠결에 옆자리를 더듬었다. 아무것도 잡히지 않았다.

"아이고메, 수국아! 수국아!"

감골댁은 벌떡 일어나며 소리쳤다. 딸이 보이지 않았다.

"어찌 그러시오?"

지삼출의 아내 무주댁이 눈을 비비며 일어나 앉았다.

"어이, 수국이가 없네, 수국이가!"

감골댁은 절박하게 소리치며 몸을 일으켰다.

"소피 보러 나갔겄제라."

잠에 젖은 필녀의 말이었다.

"수국아! 수국아!"

감골댁은 다급하게 딸을 부르며 부엌으로 뒷간으로 내달았다.

"누나가 어쨌다고라?"

방에서 방대근이 뛰쳐나오고 뒤이어 지삼출과 배두성이 허둥지둥 나왔다.

"아이고메, 이년이 기어이 일 저질러 부렀능갑네. 대근아, 이 일을 어쩔꺼나!"

감골댁이 비틀거리며 주저앉았다.

216

“다들 얼른 찾아내드라고!”

지삼출이 사립 밖으로 내달았고 다른 사람들도 뒤를 따랐다.

“수국아아…… 수구욱아아!”

감골댁이 딸을 목 놓아 부르는 소리가 골짜기를 울렸다.

“저기다, 저기! 수국이 저기 있어!”

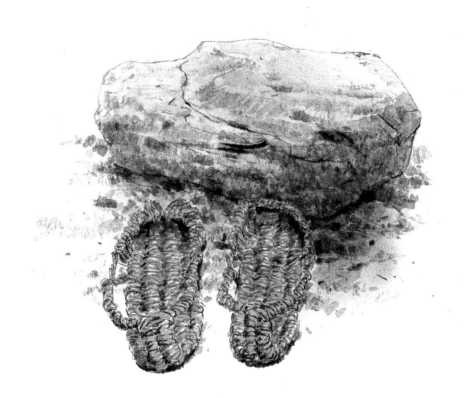

앞장선 지삼출이 외쳤다.

사람들은 허둥지둥 지삼출 쪽으로 방향을 바꿔 달렸다. 그쪽 소나무 가지에 사람의 몸뚱이가 축 늘어져 매달려 있었다.

"아이고 이년아, 수국아……."

감골댁은 비틀비틀하다가 쓰러졌다.

"아줌니, 정신 차리씨요."

무주댁은 남자들을 뒤따라 뛰려다 말고 쓰러진 감골댁을 붙안았다. 그 옆을 지나쳐 필녀가 비탈을 치올라 가고 있었다.

"얼른 받쳐라, 받쳐!"

수국이의 하체를 받쳐 올린 지삼출이 막 소나무 아래에 다다른 방대근과 배두성이에게 외쳐 댔다. 수국이의 몸은 세 남자들의 손에 받들려 내려졌다.

"죽어 부렀다요?"

울음덩이 같은 방대근의 말이었다.

"아니여, 아직 온기가 있어. 얼른 업고 내려가자."

지삼출과 배두성은 수국이를 방대근의 등에 업혀 주었다. 방대근은 양쪽으로 지삼출과 배두성의 부축을 받으며 정신없이 아래로 뛰기 시작했다.

"아이고메 수국아, 이년아아!"

무주댁에게 붙들려 있던 감골댁은 통곡을 터뜨리며 딸에게 매

달리려 했다.

"아직 맥이 있응게 가만있으씨요."

지삼출이 감골댁을 막았다. 그의 말은 '온기'에서 '맥'으로 바뀌어 있었다.

"뭣이라고, 수국이가 살았다고?"

"아직 모르니 가만있으랑게라."

지삼출의 말은 어느 때 없이 퉁명스러웠다. 감골댁은 말을 멈추고 딸을 업은 아들의 뒤를 허둥거리며 따랐다.

흐린 관솔불 아래 수국이는 반듯이 뉘어졌다. 지삼출은 수국이의 발뒤꿈치를 번갈아 가며 쳐 댔다.

"코에 귀 대고 있어 봐라."

지삼출이 어쩔 줄 모르고 있는 방대근이에게 일렀다. 방대근이 잽싸게 제 누나의 코에 귀를 갖다 댔다.

지삼출은 방대근의 반응을 살펴 가며 계속 수국이의 뒤꿈치를 쳤다. 그러나 방대근이는 아무런 반응이 없었다.

"이래서는 안 되겠다."

지삼출은 벌떡 일어나더니 수국이의 배 위에 걸터앉듯 하는 자세를 취했다. 그리고 두 손으로 가슴을 눌렀다가 손을 재빨리 떼고 다시 누르는 동작을 되풀이했다. 동학군과 의병 생활을 하면서 익힌 치료법이었다.

"무슨 소리가 나는 것 겉으요! 이 맞소, 숨이 트였소. 숨을 쉬요!"

방대근이의 생기 넘치는 외침에 울음이 섞여 있었다.

"뭣이여, 수국이 숨이 트였다고!"

방문이 벌컥 열리며 감골댁이 뛰어들었다.

"엄니, 누나가 살아났소!"

"아이고메, 꿈이냐 생시냐!"

감골댁과 방대근이 얼싸안았다.

"아이고, 그나저나 집 나간 것을 금세 알아낸 것이 천행이여."

지삼출이 이마의 땀을 손등으로 문지르며 한숨을 토해 냈다.

"아이고, 자네가 우리 수국이 살려 냈네."

감골댁이 지삼출의 손을 덥석 잡았다.

"배 서방, 우리 나가서 담배나 한 대씩 꼬실리세."

지삼출이 몸을 일으켰다. 그때까지 무슨 일을 해야 좋을지 몰라 마음만 다급해서 우왕좌왕하던 배두성은 비로소 긴 숨을 내쉬며 방을 나섰다.

"저리 아슬아슬허게 살아나고도 또 딴 맘 먹으면 어쩐다요?"

배두성이가 지삼출 옆에 쪼그리고 앉으며 걱정스러워했다.

"어지간히 독허지 않으면 그리 못헐 것잉마. 죽는 무섬증에 정을 떼게 된께로."

"사람 맘을 어찌 안당가요? 저 큰애기도 이쁜 얼굴만 보면 그리

독헌 일 저지를지 누가 알겠소?"

"자네는 아직 소식 없능가?"

지삼출이 갑자기 생각난 듯 물었다.

"소식이라고라?"

"장가들었으면 애비가 돼야 할 것 아니냔 말일시."

"체, 곧 만주 가자면 그 소식 없는 것이 더 나을 것인디요."

"……그렇기도 허시."

"그나저나 공허 스님이 언제 오실랑고? 하마 오실 때가 되었는디."

배두성이는 아내 필녀를 생각하며 중얼거렸다. 필녀는 만주로 떠나는 것을 고대하고 있었다. 그럴 때면 슬그머니 미워지려 했다. 필녀와 함께 사는 산골은 딴 세상이었다. 만주고 뭐고, 필녀와 함께 자식 낳고 이 산골에서 한평생 살고 싶은 마음이 살살 고개를 들었다.

"공허 스님도 소식 접했으면 곧 오시겠제."

지삼출은 몸이 부르르 떨리는 한기를 느끼며 곰방대를 털었다.

"아이고야 수국아 이년아, 나다 나! 나 에미여, 에미!"

방에서 터져 나오는 외침이었다.

"이, 정신이 들었는갑소."

배두성이가 벌떡 몸을 일으켰다.

"그려, 인제 되았구만."

지삼출은 무겁게 몸을 일으키며 시름겨운 한숨을 내쉬었다.

수국이는 제 어머니 말고는 누구의 얼굴도 보려 하지 않았고 한정 없이 울기만 했다. 더 큰 문제는 목을 움직이지 못하는 것이었다. 목을 매는 바람에 목을 다친 것이었다.

"저것이 빙신이 되면 어쩌겠는가? 죽느니만 못헐 일이제."

감골댁은 딱할 지경으로 애를 태웠다.

"약을 구허고 있응게 너무 걱정 마씨요. 젊은 삭신잉게 금세 나을 것잉마요."

지삼출은 감골댁을 대할 때마다 위로했다.

필녀는 자기네 친정에 웅담이 있을지도 모른다고 했다. 지삼출은 필녀와 배두성이를 따라 산등성이를 넘었다.

"웅담은 없고, 이 멧돼지 쓸개를 갖다 먹이씨요. 웅담만은 못해도 요것도 뼈마디 다친 데는 직방잉게라."

필녀의 아버지 손 씨는 선선히 약을 내주었다.

멧돼지 쓸개는 역시 약효가 컸다. 수국이는 어머니의 우격다짐으로 그 쓴 물을 마셔 가며 이틀 만에 목을 가누게 되었다.

지삼출과 공허는 다른 대원들과 함께 둘러앉아 앞일을 의논했다.

"송수익 대장님허고 약조헌 대로 만주로 뜰 시기가 되았소. 뜨기 전에 우리가 헐 일이 있고, 상의해서 정헐 것도 있소."

공허가 제일 먼저 내놓은 것은 자금조달 문제였다.

"날짜야 빠를수록 안 좋겠소? 그보다 누구 집을 털 것이냐가 더 중헌 일 아니겠소?"

지삼출의 신중한 대응이었다.

"맞소. 내가 쓸 만헌 집을 몇 집 골라 놨소. 인심 사납고 왜놈들 헌티 홀딱 넘어간 놈들 집으로."

공허의 여유 있는 대답이었다.

그다음에 의논이 오간 것이 만주로 떠나는 것에 대해서였다.

"만주는 여기보다 춥고, 농사철이 되려면 아직 멀었응게 아그들 미리 데리고 가서 고생시켜서야 쓰겠소? 그렇다고 남자들만 우루루 나서면 헌병 놈들헌티 의심 사기 딱 좋고. 그렇게 아그들 없는 집안부터 뜨는 것이 좋겠소."

공허가 내놓은 의견이었다.

"근디, 땅을 뺏긴 사람들이 갈수록 많이 만주로 뜬다는 소문이 든디, 우리가 늦게 갔다가 차지헐 땅이 없는 것은 아닐랑게라?"

천수동이가 걱정스럽게 말했다.

"먼저 뜨는 사람은 낮잠 자간디?"

지삼출의 웃음 담긴 말이었다.

"그 말이 맞소. 앞서 간 사람들이 그런 일이야 다 알아서 챙길 것이오."

그 문제도 결정을 보았다. 그 결정을 가장 반가워한 것이 필녀였다. 아이가 없는 필녀네가 먼저 뜨는 가구 중에서도 첫손가락에 꼽혔던 것이다.

감골댁은 만주로 뜨는 문제를 놓고 고심했다. 만주로 뜨는 것은 군산으로 온 것과는 달랐다. 만주로 뜨는 것은 큰아들·큰딸·작은딸 세 자식과의 이별이었다. 그렇다고 주저앉자니 작은아들이 쫓기는 몸이었다.

"만주로 뜰라면 그전에 느그 언니들헌티 소식을 전해야겠지야?"

"그러제라. 며칠 안 걸릴 것잉게."

수국이의 반색이었다. 감골댁은 만주로 뜨기로 마음을 정하고 수국이와 함께 두 딸을 찾아보러 나설 수밖에 없었다.

공허와 지삼출은 다른 사람들과 함께 일에 나설 준비를 갖추었다. 부잣집을 털러 나선다고 해서 무슨 무기를 챙기는 것은 아니었고, 주먹밥을 싸고 짚신을 바꿔 신는 정도였다.

"스님은 인제 영 속인 되야 부렀소?"

지삼출이 짚신을 묶으며 물었다.

"요번 일 끝내고 빡빡 밀어 불라요."

공허가 머리를 긁적이며 웃었다.

그들의 뒤를 방대근이도 따라나섰다.

"대근아, 너는 아직 뼈가 덜 여물었다."

지삼출이 방대근의 앞을 막아섰다.

〈제2부 「민족혼」, 4권에 계속〉

조정래 대하소설

아리랑

[제1부 아, 한반도]

주요 인물 소개
소설에 담긴 역사 속 주요 사건

주요 인물 소개

감골댁

동학 농민군에 나갔다 돌아온 남편의 병수발로 빚더미에 앉은 후, 아들을 하와이로 보내지 않으려면 큰딸 보름을 부자의 첩으로 빼앗겨야 하고, 딸을 지키려면 어쩔 수 없이 아들을 하와이로 보내야 하는 막다른 형편에서 후자를 택하고 고통 받는다.

방영근

가족을 위해 20원에 하와이로 일하러 가서 뜨거운 태양 아래에서 노예처럼 부려지는 청년이다. 고향에서 고생할 어머니와 동생들을 그리워하며 뱃삯을 다 갚고 집으로 돌아오기 위해 모진 노동을 참고 살아간다.

지상출

방영근이 떠난 후에도 돈을 받지 못한 감골댁을 도우러 따라 나섰다가 대륙식민회사 장칠문을 들이받은 죄로 일본 경찰에 투옥된다. 아내 무주댁과 아이들 생각에 도망치지도 못하고 철도 공사장 일꾼으로 잡혀 간다.

송수익

사랑방 모퉁이에 서당을 차려 동네 아이들을 가르쳤으나 일본이 정책을 바꾸어 그마저도 하지 못하고 뒤숭숭한 마음에 신문을 읽으며 세상의 변화를 살피는 20대 중반의 양반이다.

장덕풍

잡화상 주인으로 가게에 드나드는 보부상들을 통해 동학 농민군의 움직임을 파악하고 일본군에 알려 돈을 번다.

장칠문

하와이로 이민 갈 사람을 모으는 대륙식민회사에서 일하며 동학 농민군의 움직임을 파악해 아버지 장덕풍에게 알리는 스무 살 청년이다.

하야가와

목포우체국 군산출장소 소장으로 예의가 바르고 겸손해 조선 사람들의 환심을 샀지만, 사실은 조선의 정보를 수집하기 위해 배치된 인물이다.

쓰지무라

일본 영사관 서기로 하야가와와 합심해 백종두를 일진회 회장 자리에 앉히고 친일 단체의 뒤를 봐 준다.

백종두

고을의 이방이지만 자기 잇속을 챙기기 위해서라면 친일 행위도 서슴지 않는 인물이다. 썩은 조선 관리를 혼내 주어야 한다고 청년들을 선동해 싸움을 벌임으로써 일본인들의 환심을 산다.

이동만

널찍한 집, 아이들의 신식 공부, 재산도 남부럽지 않게 지니겠다는 목적으로 일본인 지주 요시다에게 신용을 얻기 위해 노력하는 마름이다.

소설에 담긴 역사 속 주요 사건 : 1895~1910년

단발령

1895년 일본의 강요로 고종이 백성에게 머리를 깎게 한 명령으로, 가장 처음 고종이 머리를 깎았고 대신들이 이를 따랐다.

경부철도 부설권

일본은 1894년 서울과 인천 그리고 서울과 부산 사이에 군용전선 가설 공사를 했고, 동학 농민군을 진압한 후에는 우체국 시설로 변경했다. 1898년 고종 황제는 경부철도 부설권을 일본에게 허가했고, 일본은 1901년 8월부터 본격적으로 공사를 진행했다.

하와이 이민

주한 미국 공사 알렌의 주선으로 이루어진 하와이 사탕수수 농장으로의 이민으로, 1902년 대한제국 정부는 수민원을 설치하고 1차로 121명을 보냈다. 이곳으로 보내진 한인들은 노예와 같은 노동을 하면서도 모은 돈을 독립운동 자금으로 제공하기도 하였다.

군사경찰훈령

1904년 일본은 을사늑약 체결 직전 총포와 탄약 등을 마음대로 개인이 소유하지 못한다는 등의 내용을 포함하는 훈령을 발표하여 한국의 치안권을 빼앗았다.

러일전쟁

1904년부터 1905년 사이에 만주와 한국의 지배권을 두고 러시아와 일본이 벌인 전쟁이다. 일본은 이 전쟁에서 승리함으로써 한국에 대한 지배권을 확립했고, 만주로 진출할 수 있게 되었다.

제1차 한일협약

1904년 일본이 고문정치를 실시하기 위해 강압적으로 체결한 협정이다. 외교 관계의 처리는 일본 정부와 협의를 거친다는 내용의 전문 3조로 이루어진 이 조약으로 인해 재정·외교·군사 등의 분야에 일본인 고문이 취임하면서, 한국은 사실상 일본의 속국이 되었다.

일진회 창설

1904년 일본의 한국 병탄 정책에 적극 호응하여 그 실현에 앞장선 친일단체로 1910년까지 활동하였다. 송병준이 중심이 되어 을사늑약 지지 선언, 고종 양위 강요, 한일병합조약 체결 주장 등 매국적 행위를 일삼았다.

최익현, 임병찬 전북 태인 봉기

을사늑약 직후인 1906년 6월, 전라북도 태인·정읍·순창 등지에서 의병을 일으켜 일본군 및 관군과 싸운 사건으로, 최익현과 임병찬은 이때 붙잡혀 쓰시마 섬에 유배되었다가 1907년 임병찬은 풀려났고, 최익현은 그곳에서 순국하였다.

이민조례

1906년 반포된 법규로, 일제가 국민들의 자유를 위해 한국인과 일본인의 자유로운 왕래를 허용한다는 명목을 내세웠으나, 실제로는 일본인의 한국 내 거주를 늘려서 침탈을 본격화하기 위한 조치였다.

신지방관제

1906년 일본은 조선통감부를 설치하고, 전국을 13도 11부 333군으로 개편하는 등 지방 행정 구역을 대폭 개편하고, 일본인 참여관을 두어 감독하게 한 조치이다. 이는 한국의 행정권을 박탈하기 위한 조치 중 하나였다.

신작로 건설

1907년부터 1911년까지 일제가 전국의 도로를 수리하거나 신설한 사업이다. 한반도를 일본의 대륙 진출을 위한 전초 기지로 삼기 위한 도로 정책으로, 일본의 군사 활동과 경제 수탈을 원활히 하는 데에 목적이 있었다.

국채 보상 운동

1907년부터 1908년 사이에 국채를 국민들의 모금으로 갚기 위하여 전개된 국권 회복 운동이다. 1894년 청일전쟁 당시부터 경제를 장악하고 침탈하기 위해 의도적으로 조선에 차관을 제공하고 상환을 독촉해 오는 일본으로부터 벗어나려는 운동이었다.

고종 황제 양위

1907년 7월 20일 고종이 을사늑약의 불법성을 국제 사회에 알리기 위해 헤이그 특사를 파견한 데 대한 책임을 추궁하는 일본의 강압에 못 이겨 황위를 순종에게 위임했다가 곧바로 양위한 사건이다.

한일 신협약

1907년 일본이 한국과 체결한 7개 항목의 조약으로 '정미칠조약'이라고도 한다. 헤이그 특사 파견 후 강력한 침략 행위를 위해 작성한 조약으로, 이로 인해 한국은 군대 해산, 사법권·행정권 등을 강제로 빼앗겨 사실상 일본의 식민지가 되었다.

장인환 사건

1908년 3월 23일 샌프란시스코 페리 부두 정거장 앞에서 장인환과 전명운이 한국 정부의 외교고문이라는 직함을 가지고 일제의 앞잡이 노릇을 하던 미국인 스티븐스를 총살한 사건이다. 이들의 재판 비용을 대기 위한 모금 운동에 7천 달러가 넘게 모였다.

남한 대토벌

일제가 의병 세력을 완전히 토벌하기 위한 목적으로 1909년 9월 1일부터 10월 30일까지 의병의 주요 근거지인 호남 지역을 대상으로 펼친 군사 작전이다. 이후 의병들은 만주, 러시아 등 국외로 이동하여, 독립군이 되었다.

토지조사사업

1910년부터 1918년까지 일제가 한국에서 식민지적 토지 제도를 수립하기 위해 실시한 대규모 조사 사업이다. 수백만의 농민이 토지에 대한 권리를 잃고 영세 소작인, 화전민, 자유 노동자로 전락한 데 반해, 일제는 전국토의 40퍼센트에 해당하는 전답과 임야의 대주주가 되었다.

조선교육령

한국인에 대한 일제의 교육 방침에 관한 법령으로 1911년 8월 전문 30조로 공포되었다. 일본어 보급이 주목적이며, 저급한 실업 교육을 장려하여 한국인을 우민화하는 교육 정책이었다.

한일합방조약

1910년 8월 29일 일제가 대한제국을 완전한 식민지로 만들기 위해 강제로 체결한 조약으로 '경술국치조약', '일제병탄조약'이라고도 한다. 대한제국 황제의 승인과 비준을 받지 못한 불법 조약이다.

국권 반환 운동

일제에 대항하여 국권 회복을 위해 벌인 실력 양성 운동의 총칭으로, 일본에 진 빚을 국민의 성금으로 갚자는 국채 보상 운동, 개화파 인사들을 중심으로 펼친 자강 계몽 운동 등이 대표적이다.

조정래 대하소설

아리랑 청소년판 3

초판 1쇄 2015년 6월 15일

원작 | 조정래
엮음 | 조호상
그림 | 백남원
발행인 | 송영석

펴낸곳 | (株)해냄출판사
등록번호 | 제10-229호
등록일자 | 1988년 5월 11일(설립일자 | 1983년 6월 24일)

121-893 서울시 마포구 잔다리로 30 해냄빌딩 5·6층
대표전화 | 326-1600 **팩스** | 326-1624
홈페이지 | www.hainaim.com

ISBN 978-89-6574-513-6
ISBN 978-89-6574-510-5(세트)

이 도서의 국립중앙도서관 출판예정도서목록(CIP)은 서지정보유통지원시스템 홈페이지(http://seoji.nl.go.kr)와
국가자료공동목록시스템(http://www.nl.go.kr/kolisnet)에서 이용하실 수 있습니다.(CIP제어번호: CIP2015014279)